Kirsten Steiner

Hochzeitsnacht mit Trauzeugen

Sinnliche Augenblicke (19)

Bibliografische Information der
Deutschen Nationalbibliothek:
Die Deutsche Nationalbibliothek verzeichnet diese
Publikation in der Deutschen Nationalbibliografie;
detaillierte bibliografische Daten sind im Internet
über http://dnb.dnb.de abrufbar.
Die automatisierte Analyse des Werkes, um daraus
Informationen insbesondere über Muster, Trends
und Korrelationen gemäß §44b UrhG
(„Text und Data Mining")
zu gewinnen, ist untersagt.

Verlag: BoD · Books on Demand GmbH,
Überseering 33, 22297 Hamburg, bod@bod.de
Druck: Libri Plureos GmbH, Friedensallee 273,
22763 Hamburg
ISBN: 978-3-8192-9904-9

Das Buch

Ihre Hochzeitsnacht muss die schönste Nacht des
Lebens sein – erfüllt von Romantik und hemmungs-
loser Lust. Da ist sich die 28-jährige Kira ganz sicher.
Dumm nur, dass ihr frisch angetrauter Ehemann
während der Hochzeitsfeier ein bisschen viel trinkt
und sich damit selbst außer Gefecht setzt. Dennoch
erfüllen sich Kiras Erwartungen an eine besonders
aufregende und hoch erotische Nacht – wenn auch
völlig anders, als sie es sich hätte ausmalen können.

In der Serie „Sinnliche Augenblicke" erzählt Kirsten
Steiner in loser Folge von erotischen Begegnungen an
besonderen Orten oder in besonderen Situationen.

Die Autorin

Kirsten Steiner, Jahrgang 1984, studierte Literatur und Geschichte. Seit 2014 veröffentlicht sie erotische Bücher. Neben Romanen und Kurzgeschichten gehört zu ihren Titeln auch die autobiografische Serie „Aus meinem Swinger-Tagebuch", in welcher sie von einer Lebensweise jenseits des klassischen Beziehungsmodells erzählt. Ihr Ratgeber „Monogamie für Fortgeschrittene", den sie gemeinsam mit ihrem Mann verfasst hat, zählt zu den Standardwerken der Swinger-Szene.

Kapitelübersicht

Kapitel 1:
Auf Tuchfühlung

War das eine Erektion? Kira konnte sich ein Schmunzeln nicht verkneifen, als sie mit Emilio tanzte und er ihr bei diesem Langsamen Walzer etwas näher kam, als es vielleicht angemessen war. Vor allem angesichts der Tatsache, dass sie eine an diesem Tag frisch angetraute Ehefrau war – und er der Trauzeuge ihres Mannes. Aber doch: Sie hatte sich nicht getäuscht in ihrem Tanzpartner. Der Mann hatte ganz eindeutig einen steifen Schwanz in der Hose, wie sie feststellte, als er nun erneut auf Tuchfühlung gekommen war. Nur hatte sie das dieses Mal verursacht – und zwar ganz bewusst. Sie hatte einfach wissen wollen, ob sie sich womöglich geirrt hatte.

Sie hatte sich nicht geirrt.

Lag das an ihr und ihrem offenherzigen Dekolletee? Oder lag das eher an Violas kurzem Kleid, in dem die Freundin nun schon mehrfach an ihnen vorübergetanzt war? Dass Emilio bei dieser Hochzeitsfeier einen Blick auf die Freundin geworfen hatte, war ja unverkennbar. Es hätte Kira nicht gewundert, wenn der Trauzeuge ihres Mannes und ihre eigene Trauzeugin in dieser Nacht gemeinsam im Bett landen würden. Beide waren solo – und es war keineswegs ein Zufall, dass sie an der großen Tafel nebeneinander platziert worden waren. Das Brautpaar war sich beim Aushecken der Sitzordnung einig gewesen, dass die beiden gut zusammenpassen würden. Und offenbar bewahrheitete sich diese Einschätzung: Die beiden Trauzeugen hatten vorhin bereits miteinander geflirtet. Dezent, aber Kira war es dennoch aufgefallen.

Ob Viola jetzt auch mit Fabian flirtete? Kira hatte fast den Eindruck. Gewundert hätte es sie nicht. Ihre Freundin hatte eine große Offenheit gegenüber dem männlichen Geschlecht. Um es freundlich auszudrücken. Man konnte auch sagen: Viola hatte einen hohen Verschleiß an Männern.

Naja, vor einigen Jahren, als die beiden jungen Frauen gemeinsam viel unterwegs gewesen waren, hatte auch Kira wenig anbrennen lassen. Doch dann hatte sie Fabian kennengelernt. Mit ihm war alles anders. Zum ersten Mal in ihrem Leben hatte sie das Gefühl, bei einem Mann wirklich angekommen zu sein. Und seit ein paar Stunden war sie verheiratet mit ihm. Kira war glücklich.

Dass ihr frisch angetrauter Ehemann diesen Walzer mit Viola tanzte, war eine Selbstverständlichkeit. Sie tanzte mit seinem Trauzeugen und er mit ihrer Trauzeugin. So ähnlich war das auch vorhin beim Eröffnungstanz mit den jeweiligen Eltern gelaufen. Im Schneeballverfahren tanzte man mit allen Menschen, mit denen man bei einer Hochzeitsfeier zu tanzen hatte. Aber Kira hatte kein Problem mit dieser alt hergebrachten Konvention. Irgendwie war das ja auch romantisch. Zudem tanzte sie ausgesprochen gern – vor allem dann, wenn sich ein Mann auch noch als guter Tänzer erwies, wie dies bei Emilio der Fall war.

Nein, vermutete Kira, als Viola und Fabian auf der gut gefüllten Tanzfläche nun wieder in der Menge verschwunden waren: Emilios Ständer lag nicht an Viola, sondern an ihr selbst. Sie sah ihren Tanzpartner an und musste erneut schmunzeln. Vor allem, als der seinen Blick nun ein wenig nach oben hin korrigierte – weg von Kiras Dekolletee und hin zu ihren Augen. Nun zeigte das Lächeln des Mannes eine gewisse Verlegenheit. Offensichtlich fühlte er sich dabei ertappt, wie er der Braut auf den Busen gestarrt hatte.

Vielleicht hätte sie doch nicht dieses Hochzeitskleid nehmen sollen. Der Ausschnitt war schon recht gewagt. Aber Viola hatte ihr nach dem Streifzug durch mehrere Geschäfte für Brautmoden sehr zugeraten:

„Du hast an der Stelle nichts zu verbergen", hatte die Freundin gemeint.

Verbergen? Das wäre bei ihrer üppigen Oberweite auch schwierig. Aber sollte sie es auch derart offensiv präsentieren? Naja, warum nicht. Insgeheim war sie ja auch stolz auf ihre großen und festen Brüste – auch in diesem Moment, in dem ihr der Trauzeuge ihres Mannes so offen ins Dekolletee starrte.

„Genau genommen, verdanken wir ja dir diese Hochzeit", sagte Kira, um ihren Tänzer aus seiner Verlegenheit zu befreien.

„Mir?", entgegnete Emilio erstaunt.

„Du weißt doch, dass Fabian eigentlich nicht heiraten wollte."

„Ja, ich hörte davon", bestätigte er.

„Und da hast du ein wenig nachgeholfen."

„Ich habe doch gar nichts gemacht", entgegnete er sichtlich erstaunt.

„Aber du hast etwas gesagt", erwiderte Kira.

„Gesagt?", fragte er. „Was soll ich denn gesagt haben?"

Emilio schien ernsthaft nachzudenken. Glücklicherweise war er ein so guter Tänzer, dass er dennoch nicht aus dem Tritt kam und den Walzer-Rhythmus wunderbar einhielt.

„Ich habe Fabian lediglich meine Meinung mitgeteilt, dass du eine tolle Frau bist", fuhr er schließlich fort. „Ansonsten habe ich ihm nichts gesagt zu dem Thema."

Aber mir, dachte Kira und belegte ihn mit einem wissenden Lächeln. Offenbar hatte der Freund ihres Mannes tatsächlich keine Ahnung, was er bei jener Geburtstagsparty vor einem halben Jahr ausgelöst hatte.

Kapitel 2:
Männer und die Ehe

Sechs Monate zuvor:

Ich möchte verheiratet sein, bevor ich 30 bin", sagte Kira, als sie an diesem Abend im Bett lagen und die ruhige Nach-Sex-Stimmung genossen.

Kira fuhr sanft mit den Fingern über die unbehaarte Brust ihres Freundes. Er war beim Sex ins Schwitzen gekommen und hatte sie mehrfach wundervoll zum Höhepunkt gebracht. Nun lag er neben ihr, hatte seinen Atem wieder ins Lot gebracht und war sichtlich ausgepowert. Der perfekte Moment, um dieses leicht konfliktäre Thema zu besprechen, befand Kira. Wenn er ihr jetzt nach dem Sex einen Heiratsantrag machen sollte, wäre das hoch romantisch. Wobei ihr natürlich vollkommen bewusst war, dass man das kaum als einen Heiratsantrag von ihm hätte bezeichnen können. Schließlich hatte sie das Thema angesprochen. Wieder einmal.

Kira war jetzt 28, Fabian 31, sie waren seit drei Jahren ein Paar, beide waren sie gut angekommen in ihren Berufen, und beide hatten einander mehr als einmal versichert, dass ihre Beziehung Zukunft haben werde. Und da sie das beide absolut ernst meinten, hatten sie inzwischen eine gemeinsame Wohnung bezogen. Nur heiraten wollte der Mann partout nicht – anders als Kira.

„Ich habe keine Lust, Klinken zu putzen, wenn ich als 30-Jährige noch immer ledig bin", fuhr sie fort.

„Ich habe auch nicht die Rathaustreppe gefegt, als ich 30 wurde", entgegnete er.

„Das schützt mich nicht vor den Türklinken", erwiderte sie. „Ich komme vom Dorf. Da nimmt man solche Bräuche sehr ernst. Jedenfalls bei uns."

„Bis 30 hast du ja noch fast zwei Jahre Zeit", murmelte er mehr, als dass er es sagte.

„Ist das ein Versprechen?"

„Das ist eine Berechnung."

Kira überlegte, was sie aus dieser Antwort schließen sollte, kam aber so recht zu keinem Ergebnis. Als sie endlich antworten wollte, stellte sie fest, dass der Mann eingeschlafen war. Oder zumindest so tat, um einem weiteren Verlauf dieses Gesprächs aus dem Weg zu gehen. Jedenfalls atmete er sehr gleichmäßig. Vielleicht war der Mann ja tatsächlich schon im Reich der Träume. Nach dem Sex schlief er meist schnell ein. Vielleicht war es doch kein so guter Moment gewesen, das Thema auf den Tisch (beziehungsweise ins Bett) zu bringen. Aber so einfach würde er ihr nicht davonkommen.

Der nächste Tag war ein Samstag, und Fabian begleitete seine Freundin wie versprochen zum Shoppen in die Innenstadt. Sie sprachen nicht erneut über Hochzeiten und andere Beziehungsfallen, aber die etwas seltsame Stimmung der vergangenen Nacht wollte sich nicht so recht verflüchtigen. Bereits beim Frühstück war dies zu spüren gewesen. Vielleicht lag es auch daran, dass Kira sich dem Guten-Morgen-Fick verweigert hatte, der an den Wochenenden bei ihnen eigentlich üblich war. Ein bisschen grinste sie still in sich hinein, als der Mann seine beachtliche Morgenerektion ungenutzt in den Slip zwängte, während sie der Dusche zustrebte. Auch als sie am Abend zur Geburtstagsfeier eines gemeinsamen Freundes gingen, war die latente Distanz zwischen ihnen noch immer nicht wieder überwunden.

„Na, was habt ihr für Probleme?", fragte Emilio, als Kira mit ihm am Buffet in der Küche stand und ein Stück Käse abschnitt.

Offenbar sah man ihr die gedämpfte Stimmung an. Der Freund ihres Freundes war wirklich sehr empathisch. Kira sah sich um, sie waren in diesem Augenblick nur zu zweit in der Küche. Schließlich zuckte sie mit den Schultern und verriet, was ihr auf der Seele lag.

„Ich habe keinen Zweifel, dass er mich liebt", schloss sie. „Das sagt er mir immer wieder, und das spüre ich auch. Er beteuert, dass er mit mir zusammenbleiben will. Aber einen Ring will er mir nicht schenken."

Emilio hörte aufmerksam zu und nickte.

„Ich bin sicher, deine Einschätzung ist völlig korrekt", bestätigte er. „Fabian liebt dich. Sehr sogar! Ich glaube, er hat bei dem Thema mehr ein grundsätzliches Problem."

„Ein grundsätzliches Problem? Was denn für ein grundsätzliches Problem?", hakte Kira nach.

„Ach naja, du weißt ja: Männer und die Ehe. Dieses Gefühl, nicht mehr frei zu sein."

Kira sah Emilio durchdringend an. In seinem Blick erkannte sie Unsicherheit. Da war noch mehr, als der Mann soeben mit diesem überkommenen Allgemeinplatz von sich gegeben hatte.

„Quatsch!", entgegnete sie schließlich.

„Quatsch? Wieso quatsch?"

„Warum sagst du nicht, was du eigentlich sagen wolltest?"

Jetzt lag nicht nur Unsicherheit in seinem Blick. Jetzt fühlte er sich offenkundig unwohl. Kira wusste, dass sie richtig lag. Hinter dieser Denkerstirn, in die seine schwarzen Locken ragten, verbarg sich die Antwort auf die Frage, die sie umtrieb: Warum wollte Fabian nicht heiraten? Oder wollte er ganz einfach nicht *sie* heiraten? Wogegen allerdings sprach, dass er mit ihr zusammengezogen war.

„Wenn eine, dann du", sagte Emilio – gerade so, als hätte er ihre Gedanken gelesen.

Aha.

„Und wo ist das unausgesprochene Aber in deinem Satz?", fragte sie – fest entschlossen, den besten Freund ihres Freundes jetzt festzunageln.

Der Mann hatte eine Andeutung gemacht, nun wollte sie auch wissen, was er damit meinte. Verstohlen sah Emilio sich um. Sie waren noch immer allein in der Küche. Offenbar war ihm klar, dass er das alles nicht so stehenlassen konnte.

„Du versprichst mir, dass ich dir das nie gesagt habe?", fragte er.

Kira legte eine Hand aufs Herz und hielt die andere wie zum Schwur vor sich.

„Großes Ehrenwort", sagte sie.

Dass der Mann ihr während dieser Geste auf den Busen starrte, lag sicherlich nicht allein an der Hand auf ihrer Brust. Sie trug ein enges T-Shirt, unter dem sich ihre Oberweite deutlich abzeichnete. Der Gedanke ließ Kira schmunzeln. Aber natürlich nur innerlich. Mit den Augen sah sie ihn streng an – jedenfalls als sich sein Blick endlich wieder von der Wölbung ihres Shirts gelöst hatte.

„Fabian hat mir mal gesagt, dass er sich einfach nicht vorstellen kann, für den Rest seines Lebens nur noch mit einer einzigen Frau zu schlafen", brachte Emilio schließlich in einem sehr gedämpften Tonfall heraus – gerade so, als habe der Tisch vor ihnen Ohren und könnte ihn verraten.

„Und wenn er dich heiratet", fuhr der Freund fort, „dann gibt er dir ja schließlich genau dieses Versprechen."

So war das also. Vermutlich wirkte Kira für den Rest des Abends noch mehr in sich gekehrt als vor diesem Küchengespräch mit Emilio. Als Fabian sie irgendwann fragte, was sie denn habe, entgegnete sie:

„Ach nichts."

Fabian wusste, dass er bei einer solchen Antwort besser nicht weiter nachfragte, blieb aber innerlich in Habachtstellung. Wenn eine Frau „ach nichts" sagte, war Gefahr im Verzug. Zu seiner Überraschung kam aber nichts weiter, und sie hatten in dieser Nacht großartigen Sex – noch besser als in der Nacht zuvor. Fabian schien es, als wolle seine Freundin ihm beweisen, wie gut sie im Bett war. Als sie ihn am Ende mit spermaverschmierten Lippen und großen Augen ansah, wusste er ganz genau, warum er mit dieser Frau zusammen war.

Jetzt, dachte Kira. Jetzt wäre wieder ein Moment, in dem er ihr einen Heiratsantrag machen müsste. Als der ausblieb, kuschelte sie sich lediglich in seinen Arm und seufzte. Allerdings nur innerlich.

Kapitel 3:
Eine Freundin und eine Idee

Ein paar Tage später traf Kira sich mit ihrer alten (und sehr vertrauten) Freundin Viola. Die kannte zwar Fabian, gehörte aber nicht zu jener Clique, die am Samstag Geburtstag gefeiert hatte. Somit fühlte Kira sich frei, der Freundin dann doch von jenem Küchengespräch zu erzählen – natürlich ohne einen Namen zu nennen. Aber Viola kannte Emilio ja ohnehin nicht.

„Was schließt du daraus?", fragte Viola.

„Ich weiß auch nicht. Eigentlich ist das doch eine völlig blödsinnige Begründung. Auch wenn wir unverheiratet zusammenbleiben, wäre es schließlich nicht so toll, wenn er rumvögeln würde. Wir wohnen doch schon seit einem Jahr zusammen. Was macht da der Trauschein denn für einen Unterschied? Aber offenbar liegt tatsächlich genau da der Knackpunkt für Fabian."

„Sieht ganz so aus."

„Ich kann Fabian ja schlecht sagen, dass er auch mit anderen Frauen ins Bett gehen darf – nur damit er mich endlich heiratet."

„Warum eigentlich nicht?"

Die beiden Frauen sahen sich an und mussten lachen. Viola hatte schon immer einen speziellen Humor – vor allem, wenn es um die Themen Beziehung und Sex ging. Oder hatte sie diese Bemerkung etwa ernst gemeint? Offensichtlich, wie Kira im nächsten Augenblick feststellte.

„Könntest du dir denn vorstellen, ihm hin und wieder einen erotischen Ausflug zu erlauben?", hakte die Freundin nach.

Kira horchte in sich hinein. Über eine solche Möglichkeit hatte sie noch gar nicht nachgedacht. Jedenfalls nicht ernsthaft. Allenfalls als Gedankenspiel.

Ein paar Wochen zuvor hatten Kira und Fabian im Bett einen Pornofilm gesehen. Anders als die meisten Filme dieses Genres ging es da nicht nur um stumpfes Vögeln. Der Film hatte eine Handlung, die Kira eigentlich ganz spannend fand. Vor allem ging es um das Bäumchen-wechsel-dich-Spiel mehrerer Menschen. Und dabei gab es dann auch Szenen mit Sex zu dritt.

„Würde dich so etwas auch mal reizen?", fragte Fabian, während seine Augen auf den Bildschirm gerichtet waren und seine Finger die Muschi seiner Freundin liebkosten.

„Du meinst Sex zu dritt?", entgegnete sie.

„Das meine ich."

„Zwei Männer für mich? Ja, das könnte vielleicht ganz spannend sein."

„Ich dachte eher an die andere Variante", erwiderte er: „Zwei Frauen für mich."

„Hm", gab sie zurück.

Und statt das jetzt näher zu erörtern, tauchte Kira mit dem Kopf in seinen Schoß ab und machte mit seinem Schwanz genau das, was soeben auf dem Bildschirm zu sehen war, zu dem sie mit einem Auge immer wieder hinschielte. Sie blies lange und gefühlvoll – und genau wie die Frau in dem Film bis zum Ende. Der Unterschied war nur, dass sie sich sein Sperma nicht ins Gesicht spritzen ließ, sondern alles schluckte.

Über die Möglichkeit eines Dreiers sprachen sie nicht noch einmal. Es war ja auch nur ein kleiner Gedankenausflug gewesen, der als Intro für ihren ganz realen Sex anregend gewesen war. Mehr aber auch nicht.

Erst beim vertrauten Kneipengespräch mit Viola zog dieser Abend mit dem Pornofilm wieder durch Kiras Kopfkino.

„Naja", sagte sie schließlich zögerlich. „Ein erotischer Ausflug mit meiner Erlaubnis wäre zumindest besser, als wenn er heimlich fremdgeht und mich belügt."

„Das sehe ich auch so", bestätigte die Freundin.

„Es käme nur auf die Umstände an. Es dürfte keine Frau sein, bei der ich eine Gefahr für unsere Beziehung befürchten müsste."

„Das wäre doch ein Deal. Warum schlägst du ihm das nicht ganz einfach vor?"

„Das geht nicht, das wäre zu platt. Außerdem würde er dann womöglich eins und eins zusammenzählen und zumindest ahnen, dass sein Freund mir verraten hat, warum er nicht heiraten will. Und dann könnte es auch noch sein, dass Fabian das nur für einen Trick hält."

„Einen Trick?"

„Naja, er könnte glauben, dass ich das nur sage, um einen Ring von ihm zu bekommen. Und nach der Hochzeit gilt das dann nicht mehr."

„Das glaube ich nicht. So hinterhältig bist du nicht, und das weiß er auch."

„Naja, kann sein."

„Trotzdem hast du vermutlich recht", überlegte Viola laut. „Sag es ihm nicht. Aber zeig es ihm."

„Ihm zeigen?", fragte Kira. „Wie zeigen?"

Viola lächelte – und in Kira kam eine Ahnung auf, was die Freundin meinte.

Viola hatte schon immer gern so manches ausprobiert. Auch Kira hatte eine Zeitlang ein erotisches Verhältnis mit der Freundin gehabt und dabei festgestellt, dass auch ein Frauenkörper reizvoll sein konnte. Glücklicherweise hatte ihre Freundschaft das Ende dieser lesbischen Episode überdauert. Beide Frauen hatten sich wieder Männern zugewandt und waren Freundinnen geblieben.

Viola allerdings tat sich schwer mit Monogamie, weshalb ihre Beziehungen stets eine kurze Haltbarkeit hatten. Auch jetzt war sie gerade wieder frisch getrennt – womit es ihr aber gutging. Es kam oftmals wohl nur darauf an, wer die Beziehung beendet hatte. Und das war bisher stets Viola gewesen. Doch das wusste Fabian nicht – und genau diese Unkenntnis wollten die Frauen sich zunutze machen.

Kapitel 4:
Die geplante Verführung

Am Ende der Woche überraschte Kira ihren Freund mit der Ankündigung, dass Viola an diesem Samstagabend zum Essen kommen werde.

„Die Ärmste ist frisch getrennt und braucht ein bisschen seelische Zuwendung", sagte sie.

„Oh, dann lasse ich euch wohl besser allein", entgegnete Fabian. „Wenn zwei Frauen über Männer reden, dann stören Männer ja nur."

Manchmal war ihr Freund doch ausgesprochen empathisch, schoss es Kira durch den Kopf. Heute allerdings mehr, als gut war.

„Das ist lieb von dir", entgegnete sie. „Aber lass mal. Das Gespräch über einen schwierigen Mann hatten wir die Tage schon in der Kneipe."

Das war gar nicht mal gelogen, schoss es ihr durch den Kopf, als sie ihre eigenen Worte hörte. Nur war es bei dem schwierigen Mann nicht um Violas Ex gegangen.

„Heute wäre es vielleicht ganz gut, sie ein bisschen abzulenken", fuhr Kira fort. „Magst du für uns drei deine tolle Paella kochen?"

„Ja, mache ich doch gern."

Natürlich war es kein Zufall, dass Viola an diesem Abend in der Küche der Freunde ein enges T-Shirt trug – mit einem dünnen BH darunter, der ihre Nippel erahnen ließ (dezent, aber nicht zu übersehen). Viola hatte zwar nicht so viel Oberweite wie Kira, aber wirklich klein war ihr Busen auch nicht. Eher so mittelgroß – eine „gute Handvoll", wie ihr letzter Freund das einmal beschrieben hatte. Auf jeden Fall zog ihr Oberkörper immer wieder Fabians Blicke auf sich, wie beide Frauen feststellten. Während Viola ausgesprochen zufrieden mit der Reaktion des Mannes war, fragte Kira sich mehrfach, ob das alles wirklich eine gute Idee war. Sollte sie die Aktion, die sie mit ihrer Freundin geplant hatte, nicht besser im letzten Moment noch stoppen? Sie beschloss, das später spontan zu entscheiden.

Immerhin verlief der Abend am Esstisch in der Küche wie erwartet. Fabian hatte wie immer ein tolles Essen gezaubert, und Viola spielte die Verlassene, die ihren Frust im Alkohol ertränken wollte. Mit dem steigenden Weinverbrauch (den sie alle drei verursachten) sanken Kiras Bedenken gegen das Vorhaben. Irgendwie war das alles ja auch ganz reizvoll – was auch immer es am Ende für Auswirkungen haben mochte.

„Ich habe langsam Zweifel, heute noch nach Hause zu kommen", sagte Viola irgendwann zu später Stunde. „Euer Wein schmeckt zu gut."

„Du kannst gern hier schlafen", entgegnete Kira.

„Ja klar", pflichtete Fabian ihr umgehend bei. „Das Sofa im Wohnzimmer lässt sich ausklappen. Man schläft ganz gut darauf. Jedenfalls hat sich noch kein Gast beschwert."

„Oh ja, schlafen", sagte Viola. „Ich glaube, das brauche ich jetzt."

„Dann geh doch schon mal in Bad", entgegnete Kira. „Wir haben auch noch frische Gäste-Zahnbürsten im Regal neben dem Waschbecken. Nimm dir einfach eine."

Die Gastgeber räumten den Esstisch ab und gingen anschließend ins Wohnzimmer, um das Schlafsofa für die Gästin herzurichten. Kurz darauf tauchte Viola auf und blieb in der geöffneten Tür stehen. Fabian sah sie an und stellte fest, dass sie sich bereits ausgezogen hatte. Nicht komplett, aber sie trug jetzt nur noch Slip und T-Shirt. Und noch etwas anderes fiel ihm auf: Die Frau trug keinen BH mehr unter dem Shirt. Die Nippel waren nun nicht mehr zu erahnen, sondern zeichneten sich deutlich ab. Für einen Moment starrte Fabian Kiras Freundin regelrecht an. Er hatte Mühe, sich von diesem Anblick loszureißen. Es sah einfach unglaublich erotisch aus, wie sich diese schöne, halb nackte Frau im Zwielicht des Flurs gegen den Türrahmen lehnte.

Ihr Blick wirkte etwas verloren. Sie schien den Gastgebern beim Herrichten des Schlafsofas zuzusehen, aber es war unverkennbar, dass ihr Blick ins

Leere ging. Sie machte ein paar Schritte auf Kira und Fabian zu und blieb vor dem Sofa stehen.

„Na?", sagte Kira und sah sie an.

„Kann mich mal jemand in den Arm nehmen?", fragte Viola.

„Unbedingt!", entgegnete Kira und kam der Bitte umgehend nach.

Liebeskummer ist wirklich keine schöne Sache, schoss es Fabian durch den Kopf und betrachtete die beiden Frauen, die sich lange aneinander festhielten. Als sie sich dann schließlich doch voneinander lösten, sah Viola Fabian an.

„Kannst du mich bitte auch mal umarmen?", fragte sie ihn.

„Auf jeden Fall", bestätigte er und legte sanft seine Arme um die Freundin seiner Freundin.

Zu seiner Überraschung klammerte sich Viola nun aber regelrecht an ihn, noch viel intensiver, als sie das zuvor mit Kira getan hatte. Fabian spürte ihren Busen an seiner Brust, sogar ihr Schoß drückte sich gegen ihn. Dass er jetzt eine ernsthafte Erektion bekam, war ihm ein wenig peinlich. Aber er konnte das gar nicht vermeiden. So etwas ging immer sehr schnell bei ihm – auch wenn er natürlich wusste, dass das in diesem Augenblick vollkommen unangemessen war. Hier ging es um seelischen Trost und nicht um die Einleitung eines erotischen Abenteuers. Aber was sollte er machen? Er war ein Mann und hielt eine schöne Frau in Armen, die nur spärlich bekleidet war.

Und diese Frau schien ihn nie wieder loslassen zu wollen. Vermutlich spürte sie seinen steifen Schwanz bereits durch ihren dünnen Slip hindurch. Jetzt konnte er auch noch ihren Atem an seinem Hals wahrnehmen. Sie drückte sich wirklich sehr intensiv an ihn. Hoffentlich gab das keine Verwicklungen, sollte auch Kira seine männliche Reaktion bemerken. Seine Freundin neigte zwar nicht zu Eifersucht, aber man konnte ja nie wissen. Bei Frauen musste man immer auf alles gefasst sein.

Doch Kira schien mit dieser intensiven Umarmung kein Problem zu haben, wie Fabian im nächsten Augenblick erleichtert feststellte. Sie drückte sich an das klammernde Paar, legte ihre Arme um beide und weitete die Umarmung damit noch aus. Als Viola ihren Kopf von seinem Hals löste und Kira ansah, küssten die beiden Frauen sich. Nicht auf eine Weise, wie zwei Freundinnen das freundschaftlich taten, sondern eher wie zwei Menschen, die eine gegenseitige erotische Anziehungskraft verspürten. Fabian betrachtete diesen Kuss aus nächster Nähe und mit großen Augen.

Was war das denn? Hatten die beiden Frauen in seinen Armen eine bisexuelle Ader? Oder ging jetzt seine Fantasie mit ihm durch? Fabian wusste nicht, dass seine Freundin über entsprechende Erfahrungen verfügte.

Als sich die beiden Lippenpaare wieder voneinander trennten, wechselte Kira umgehend zu Fabian. Bei ihrem Kuss blieb ihm fast die Luft weg. Wann hatte seine Freundin ihn zuletzt derart heftig geküsst? Das Wissen, dass sie unmittelbar zuvor die andere Frau geküsst hatte, gab ihm beim Tanz der Zungen einen gewaltigen Kick.

Schließlich kam auch dieser Kuss zu einem Ende. Fabian sah Kira mit großen Augen an. Musste diese wundervolle Dreier-Umarmung nun ein Ende finden? Oder gab es hier womöglich einen Auftakt für mehr als diesen überraschenden Doppelkuss seiner Freundin? Neulich bei ihrem Pornofilm-Abend hatten sie ja über die Möglichkeit eines Dreiers gesprochen. Wollte seine Freundin ihm jetzt etwa den Wunsch erfüllen, den er da hatte anklingen lassen? Eigentlich konnte das doch gar nicht sein. Das Gespräch an jenem Abend war schließlich wieder im Sande verlaufen, bevor es hätte konkret werden können. Aber Fabian konnte sich bei dieser Dreier-Umarmung dennoch nicht wehren gegen eine wilde Fantasie, die soeben durch sein Kopfkino zog.

„Und ich?", hörte er Viola Stimme, während er noch immer seine Freundin anstarrte und seine Gedanken zu ordnen versuchte.

Kira nickte. Und sie tat noch mehr: Ihre Hand wanderte zu seinem Kopf und drehte ihn in Violas Richtung. Fabian hätte später nicht mehr sagen können, wer dann wen geküsst hatte. Es ergab sich einfach, und Kira hatte beider Köpfe sogar zueinander gedrückt. Auf jeden Fall fand sich Fabian nun auch in einem sinnlichen Kuss mit der Freundin seiner Freundin wieder. Passierte das wirklich? Oder träumte er das alles nur?

Auch dieser Kuss dauerte lange, sehr lange. Vermutlich noch länger als die beiden vorausgegangenen Küsse. Und noch immer umarmten sie sich zu dritt. Als sich Violas Lippen dann doch von seinem Mund lösten, war da sofort wieder Kira. Sie küsste ihn erneut. Dieses Mal allerdings war es eher ein Küsschen. Und sofort darauf gab sie auch Viola ein solches Küsschen. Anschließend pendelte Kiras Blick zwischen ihm und Viola.

Es sah aus, als erwarte sie irgendetwas – und Fabian war sich noch immer sehr unsicher, ob es wirklich das war, was er glaubte oder zumindest hoffte. Wäre er mit nur einer der beiden Frauen hier in einer solch sinnlichen Situation, dann wüsste er genau, was nun folgen würde: ausziehen und Sex. Ja, auch mit Viola. Wäre er unter irgendwelchen Umständen allein mit ihr, dann würde er jetzt nicht zögern, sie zu vernaschen – auch wenn sie die Freundin seiner Freundin war. Dass sie dazu bereit wäre, war überdeutlich. Trotz ihres Liebeskummers. Oder vielleicht sogar gerade deswegen? Die Menschen gingen ja sehr unterschiedlich mit so etwas um. Und manchmal ließ sich Liebeskummer auch ganz einfach wegvögeln.

Aber er war nicht allein mit Viola. Dennoch begann nun genau das zu passieren, was sich in seinem Kopfkino abspielte. Fabian spürte eine Hand, die sich zwischen ihn und Viola schob. Kira tastete sich in seinen Schoß und massierte im nächsten Augenblick die eindrucksvolle Beule in seiner Hose.

„Dachte ich mir doch", sagte sie.

Fabian suchte im wirren Durcheinander seiner Gedanken nach irgendeiner Erklärung für seine verräterische Reaktion. Doch der erste Satz, der ihm spontan einfiel („Es ist nicht das, wonach es sich anfühlt"), war derart schwachsinnig, dass er ihn sofort wieder verwarf. Natürlich war es das, wonach es sich anfühlte. Was denn sonst? Doch er musste wohl gar keine Erklärung abgeben, wie er im nächsten Augenblick feststellte.

„Das hätte ich dir auch sagen können", entgegnete Viola, deren Gesicht nun ein schelmisches Grinsen zeigte.

„Wir sollten ihn befreien", sagte Kira und setzte sich auf das Sofa, vor dem sie standen.

„Das sollten wir", bestätigte Viola und setzte sich zu ihr.

Umgehend spürte Fabian nun die Hände beider Frauen in seinem Schoß. Sie öffneten seine Hose, zogen sie samt Slip herunter und sein steifer Schwanz sprang hervor. Als er spürte, wie sich ein

Lippenpaar darüber legte, schloss er die Augen und dachte: nicht aufwachen! Jetzt nur nicht aufwachen!

Dennoch konnte er nicht widerstehen, doch bald wieder hinzusehen. Kira blies ihn mit viel Gefühl, so wie sie das schon häufig getan hatte. Sie machte das jedes Mal wundervoll. Es war unverkennbar, dass sie an dieser Spielart sehr viel Spaß hatte. Viola betrachtete das aus nächster Nähe, tat aber nichts. Jedenfalls nicht gleich.

„Darf ich auch mal?", hörte er dann allerdings die Stimme der Gästin.

Kira ließ seinen Schwanz aus ihrem Mund herausgleiten, gab Viola einen kurzen Kuss und entgegnete:

„Auf jeden Fall!"

Sie schob Viola den Schwanz entgegen, und im nächsten Augenblick hatte sie ihn tief in den Mund genommen. Fabian atmete hörbar ein – noch immer ungläubig, ob er das alles wirklich erlebte. So etwas kam doch normalerweise nur in wilden Träumen oder Pornofilmen vor. Und doch erlebte er das. Allein schon dieses andere Lippenspiel, das er jetzt spürte, bewies ihm, dass das alles sehr real war.

Viola blies ganz anders als Kira. Sie saugte noch intensiver und unterstützte das auch noch mit einer Hand. Zugleich spielten Kiras Finger zärtlich mit seinen Eiern. Was für ein geiles Erlebnis! Wenn die beiden damit weitermachten, konnte er für nichts garantieren. Er spürte bereits, wie sich ein Höhepunkt in ihm aufbaute. Das konnte nicht mehr lange dauern.

Eigentlich müsste er Viola jetzt warnen – wenn sie es denn nicht selbst rechtzeitig bemerkte. Er wusste nur zu gut, dass nicht alle Frauen es mochten, von einem männlichen Orgasmus im Mund überrascht zu werden. So etwas konnte die Stimmung sehr schnell von hundert auf null bringen. Jetzt, dachte er. Spätestens jetzt musste er etwas sagen. Im selben Augenblick explodierte sein Schwanz in Violas Mund.

Ganz offensichtlich gehörte sie aber nicht zu den Frauen, die einem Mann so etwas übelnahmen. Ihr Blasen wurde sanfter, zärtlicher. Aber sie hörte erst damit auf, als sein Orgasmus vollständig abgeklungen war und sein Schwanz bereits zu schrumpfen begann. Erst dann entließ sie ihn an die Luft.

Bevor er sich versah, hatte Kira bereits zum Kopf der Freundin gegriffen, ihn zu sich gedreht und Viola geküsst. Wieder wurde es ein langer Kuss. Als die Frauen ihn beendeten, sagte Kira nur ein Wort:

„Meins!"

Fabian fragte lieber nicht nach, was sie damit gemeint haben könnte. Aber natürlich wusste er es auch so.

„Das ging aber schnell", murmelte Viola und spielte mit dem eingefallenen Schwanz. „Schade eigentlich. Damit hätte ich mir auch noch etwas anderes vorstellen können.

„Das macht nichts", entgegnete Kira. „Er kann immer sehr schnell noch mal."

Mit der Bemerkung zauberte sie ein Lächeln in Violas Gesicht – und riesengroße Augen in das von Fabian. Hatte seine Freundin soeben angekündigt, dass er die Gästin auch noch ficken durfte?

Als drei nackte Menschen kurz darauf im Bett des Paares lagen und Fabian Viola mit tiefen Stößen nahm, hatte er längst aufgehört, sich irgendwelche Fragen zu stellen. Auch woher plötzlich die Kondome gekommen waren, von denen sich jetzt eins über seinem Schwanz befand, wollte er gar nicht wissen. Zur Grundausstattung ihres Schlafzimmers gehörten sie jedenfalls nicht. Wozu auch? Kira und er waren ein festes Paar, und seine Freundin verhütete mit der Pille.

Fabian übersah großzügig alle Indizien, die darauf hindeuteten, dass die beiden Frauen die Sache von vornherein geplant hatten. Es war ja auch egal. Was zählte, war diese schöne Frau, zwischen deren Beinen er nun lag – und seine Freundin, die sich mit streichelnden Händen an dem Liebesspiel beteiligte. Konnte es für einen Mann etwas Großartigeres geben als Sex mit zwei Frauen? Das war beim besten Willen nicht zu toppen.

Etwas nachdenklich wurde Fabian nur noch einmal etwas später, als er nach Viola auch Kira zum Höhepunkt gefickt hatte. Beide Frauen waren sehr laut geworden – und die Wände zur Nachbarwohnung waren doch recht dünn. Aber auch dieser Gedanke blitzte nur kurz auf und verblasste sofort wieder. Als sein Sperma in Kira hineinströmte, waren die Bedenken wegen der Nachbarn auch schon wieder verschwunden.

„Was war das denn?", fragte Fabian, als beide Frauen schließlich in seinem Arm lagen und sich an ihn schmiegten.

„Etwas Besonderes", entgegnete Kira und küsste ihn.

„Das kann man wohl sagen", bestätigte er.

„Finde ich auch", stimmte Viola zu und küsste ihn ebenfalls.

„Wie komme ich denn zu diesem besonderen Genuss?", fragte Fabian nun doch.

„Naja", setzte Kira an. „Viola und ich hatten mal eine Zeitlang eine erotische Beziehung. Und wenn ich Sex mit ihr hatte – warum dann nicht auch du?"

„Ja, finde ich auch", erwiderte er und nickte hastig.

Dass das lange vor ihrer Beziehung mit Fabian war, musste sie ja nicht unbedingt hinzufügen. Ansonsten wäre diese dünne Erklärung noch dünner gewesen.

„Kannst du eigentlich nochmal?", fragte Viola und spielte mit seinem Schwanz.

„Worauf du dich verlassen kannst!", entgegnete er, während in seine Männlichkeit bereits wieder mehr Leben kam.

Als beide Frauen kurz darauf vor ihm knieten und ihm ihre süßen Hinterteile entgegenstreckten, hatte Fabian ernsthaft Mühe sich zu entscheiden, welche er zuerst nehmen sollte. Mit Kira war er schon länger zusammen, weshalb ihn Viola natürlich mehr reizte. Andererseits hatte er wenig Lust auf ein Gummi. Er mochte die Dinger einfach nicht. Aber als Kira ihm ein Kondom reichte, war das natürlich eine klare Aufforderung, der er sich nicht verschließen konnte. Viola also – aber dann auch gleich noch einmal seine Freundin. Der Vorsatz scheiterte allerdings. Trotz Gummi war der Fick mit der Gästin so geil, dass er sich nicht rechtzeitig zum Abbruch entschließen konnte, als es ihm kam. Kira hatte er währenddessen lediglich gefingert. Aber immerhin hatte er seiner Freundin auf die Weise einen Orgasmus beschert – anders als Viola, die bei diesem Fick unbefriedigt blieb.

Alle drei waren ermattet und ausgepowert. Sie redeten nicht mehr viel und zogen einfach nur die Decken über sich. Dass sie nach der erneuten Runde bald eingeschlafen waren, ergab sich ganz einfach. Für drei war das Bett eigentlich ein bisschen eng, aber keiner der drei hatte etwas einzuwenden gegen die Enge – am allerwenigsten Fabian, der den Platz in der Mitte hatte. Eingerahmt von zwei schönen, nackten Frauen. Sensationell!

Als er mitten in der Nacht auf die Toilette musste, war er so leise, wie es nur irgend ging. Er verließ das Bett über das Fußende und schaffte es offenbar, keine seiner beiden Gespielinnen zu wecken. Jedenfalls rührten sie sich nicht. Erst als er zurückkam und sich wieder zwischen die beiden schlafenden Frauen schob, wurde Viola unruhig. Er schmiegte sich von hinten an ihren Po, legte ihr eine Hand auf den Busen, und sie kam wieder zur Ruhe.

Kira hatte davon nichts mitbekommen. Sie schlief tief und fest und fuhr im Traum mit dem Fahrrad einen langen Radweg entlang. Plötzlich wurde die Wegstrecke sehr holperig, und sie wurde ziemlich durchgeschüttelt. Sie brauchte eine ganze Weile, um zu realisieren, dass dieses Schütteln gar nicht Teil ihres Traumes war, sondern aus der Wachwelt kam – von den beiden Menschen, mit denen sie das Bett teilte.

Ihr Freund lag hinter Viola und nahm sie mit heftigen Stößen. Die Löffelchenstellung, dachte Kira, als sie nun immer wacher wurde. Sie wusste nur zu gut, wie schnell Fabian durch ein nacktes weibliches Hinterteil zu erregen war. Sie hatte es schon mehrfach erlebt, dass er sich von hinten an sie gedrückt hatte und dann umgehend steif geworden war. Womöglich war sein Fick mit Viola ebenso zustande gekommen – was sie gut verstehen konnte. Die Freundin hatte wirklich einen süßen Po. Auch wenn Fabian dieses verführerische Hinterteil im schwachen Licht des beginnenden Tages (und noch dazu unter der Decke) gar nicht sehen konnte.

Dieses Mal hielt er offenbar deutlich länger durch als vorhin vor dem Einschlafen. Da war sie ein wenig enttäuscht gewesen, dass er es nicht auch noch mit ihr gemacht hatte. Aber für ihr Vorhaben war es natürlich hilfreich, dass Fabian vor allem Sex mit der anderen Frau hatte. Ob es wohl etwas bewirken würde? Oder war dieser geplante Dreier am Ende dann doch vergebliche Liebesmüh? Auf jeden Fall war die Sache unglaublich geil.

Sie war gespannt, wie sich ihre Beziehung nach dieser Nacht weiterentwickeln würde. Kira konnte sich beim besten Willen nicht vorstellen, dass das alles folgenlos bleiben konnte. Irgendetwas würde anders sein nach dieser Nacht. Da war sie sich ganz sicher.

Violas Atem beschleunigte sich. Offenbar war sie bald so weit. Fabian steigerte sein Tempo noch, und im nächsten Moment wurden die Nachbarn aus der Nachtruhe gerissen. Viola war zwar nicht immer so laut, aber manchmal dann doch, wie Kira mit Blick auf ihre Liaison vor ein paar Jahren ganz genau wusste.

„Ja, ja, ja, ja, ja", brach es aus Viola heraus, die offenbar einen ausgesprochen heftigen Orgasmus erlebte.

Ein guter Ausgleich dafür, dass Fabian sie vorhin beim Doggy nicht befriedigt hatte, schoss es Kira durch den Kopf. Fabian schien dieser Höhepunkt seiner Gespielin noch weiter zu befeuern. Er steigerte sein Tempo noch weiter und stieß wie besessen zu. Kira starrte fasziniert auf sein knackiges Hinterteil, dessen Muskeln heftig in Bewegung waren. Fast konnte sie seine Stöße ebenfalls spüren. Sie wusste ja nur zu gut, wie sich das anfühlte, wenn der Mann eine Frau in der Löffelchenstellung nahm.

Schließlich kam es auch ihm. Er verkrampfte sich und stieß endlos nach. Er konnte gar kein Ende finden, und es dauerte lange, bis er endlich wieder zur Ruhe kam. Erst als er sich aus Viola zurückzog und sich auf den Rücken fallen ließ, beugte Kira sich über ihr und küsste ihren Freund – was ihn sichtlich überraschte. Hatte er etwa geglaubt, dass sie die heftige Nummer neben sich nicht mitbekommen hatte?

Kira hatte Lust, sich an den Nachwehen davon zu beteiligen und beugte sich in seinen Schoß. Sie wollte Fabian das Gummi abziehen und ihn als Nachspiel mit dem Mund verwöhnen. Aber sie stutzte. Da war kein Gummi. Sie nahm den noch halbsteifen Schwanz in die Hand und betrachtete ihn. War das Kondom abgerutscht? Nein, war es nicht, wie Kira nun feststellte, als sie Fabians Schwanz in den Mund nahm. Er schmeckte lediglich nach Sperma und weiblicher Lust – und kein bisschen nach Gummi. Die zwei hatten es von vornherein ohne gemacht. Wie sollte sie das denn finden? Eigentlich nicht so toll. Wenn sie ihre Beziehung denn schon für andere Menschen öffneten, dann sollte zumindest der Blankfick doch bitte exklusiv nur für sie zwei sein.

Kira konnte trotz dieser Gedanken nicht widerstehen, in den Schoß der Freundin zu krabbeln und ihren Kopf zwischen deren Beinen zu vergraben. Als sie mit der Zunge zwischen Violas Schamlippen eintauchte und umgehend Fabians Sperma schmeckte, wurde ihr Lecken geradezu gierig. Sie ließ ihre Zunge zwischen den nassen Schamlippen der Freundin so intensiv tanzen, als wolle sie das gesamte Sperma ihres Freundes aus dieser Spalte herauslecken. Was ihr natürlich nicht gelang. Aber sie bescherte Viola auf die Weise einen weiteren Orgasmus.

Sie schliefen wieder ein und wachten erst spät am Vormittag wieder auf. Dass sie es noch einmal machten, verstand sich mehr oder weniger von selbst. Kira zog zwar die Stirn kraus, als Fabian Viola auch jetzt wie selbstverständlich blank nahm. Aber die Freundin ließ es geschehen und auch Kira sagte nichts dazu. Nachdem Fabian Viola in der Nacht bereits besamt hatte, war es nun ja auch egal. Aber über das Thema Kondome würden sie später doch noch einmal reden müssen, beschloss Kira.

Nicht aber beim Frühstück zu dritt, das sie gegen Mittag in einem Bistro in der Nähe zu sich nahmen. Viola verabschiedete sich irgendwann und Fabian sah der Frau mit dem schönen Hinterteil, das nun in engen Jeans steckte, lange nach.

„Sie gefällt dir, oder?", fragte Kira, als die Freundin verschwunden war.

„Keine Frage", bestätigte Fabian. „Dir ja auch. Ich staune nur noch immer, dass das alles wirklich passiert ist. Warst du denn kein bisschen eifersüchtig, als ich es mit Viola gemacht habe?"

„Doch, natürlich war ich das. Ein bisschen jedenfalls", räumte Kira ein. „Aber wenn es sich in Grenzen hält, dann ist so ein bisschen Eifersucht ja auch das Salz in der Suppe."

„Unbedingt", bestätigte er.

„Ich weiß ja nicht, ob dir das wichtig ist", sagte Kira und bemühte sich, jeglichen Anklang von Scheinheiligkeit zu vermeiden: „Aber du solltest wissen, dass eine Ehe mit mir nicht zwangsläufig bedeuten muss, dass du für den Rest deines Lebens mit keiner anderen Frau mehr schlafen darfst."

Für einen Augenblick hielt Kira die Luft an, als sie diesen Satz ausgesprochen hatte. Womöglich zählte Fabian nun doch eins und eins zusammen und kam zu der Erkenntnis, dass sein Freund Emilio ihr seine grundsätzlichen Bedenken gegen eine Ehe verraten hatte. Doch die Überlegung war offenbar unbegründet – auch wenn Fabian sie eine halbe Ewigkeit von mehreren Sekunden einfach nur staunend anstarrte.

„Ernsthaft?", brachte er schließlich stammelnd hervor.

„Ja, warum nicht? Nur Heimlichkeiten möchte ich nicht. Ich hasse es, angelogen zu werden. Aber so lange alles offen und mit gegenseitiger Zustimmung passiert, kann ich auch großzügig sein."

Statt zu antworten, küsste Fabian seine Freundin. Es wurde ein Kuss, wie sie ihn noch nie erlebt hatte. Nicht einmal während der Dreier-Knutscherei in der Nacht zuvor. Ihr blieb fast die Luft weg dabei.

„Nur die Sache mit dem Kondom – oder genauer gesagt: ohne das Kondom – finde ich nicht so toll. Fabian, das geht nicht", fuhr Kira fort.

„Verhütet Viola denn nicht?", fragte er erschrocken.

Kira konnte nicht widerstehen, ihn ein paar schweigsame Augenblicke lang zappeln zu lassen. Sie sah ihm lediglich mit einem bedeutungsschwangeren Blick tief in die Augen. So tief, dass er zunehmend nervös wurde. Warum gingen Männer eigentlich immer ganz selbstverständlich davon aus, dass Frauen das mit der Verhütung schon machten? Das war jetzt mal wieder typisch Mann. Erst ficken und sich später Gedanken machen über die Verhütung – wenn überhaupt.

„Doch, sie nimmt die Pille", erlöste Kira ihn endlich aus seiner einsetzenden Panik. „Trotzdem. Es gibt ja noch andere Gründe für ein Kondom."

„Und wenn ich das Kondom verspreche, dann erlaubst du mir hin und wieder einen Fremdfick?", vergewisserte er sich noch einmal.

„Hin und wieder!", bestätigte sie. „Aber ich will immer wissen mit wem. Und zwar vorher."

Fabian nickte. Am nächsten Tag kaufte er einen großen Strauß roter Rosen und machte ihr einen Heiratsantrag.

Der Sex, den sie dann umgehend hatten, war zwar nicht so aufregend wie der Dreier mit Viola, aber er war so romantisch wie lange nicht. Und das war Kira wichtig. Sehr wichtig! Während ihr künftiger Mann sie nahm, wanderte ihr Blick immer wieder zu den Rosen, die es allerdings noch nicht in eine Vase geschafft hatten.

Kapitel 5:
Von Treue und Monogamie

Sechs Monate später:

Ich weiß beim besten Willen nicht, was du meinst", sagte Emilio, als Kira ihn während des Walzers mit ihrem tiefgründigen Schmunzeln belegte.

Offenbar wusste der Trauzeuge es wirklich nicht. Naja, er konnte ja schließlich nicht ahnen, welche Folgen seine Worte vor einem halben Jahr gehabt hatten. Der Dreier mit Viola würde ihr süßes Geheimnis bleiben. Und eigentlich war es Kira ganz recht, dass Fabian wohl selbst seinem besten Freund nichts davon erzählt hatte. Aber an das Küchengespräch konnte sie Emilio trotzdem erinnern. Damit verriet sie letztlich noch nichts weiter.

„Du hast mir mal erzählt, dass Fabian nicht heiraten will, weil er Probleme mit seiner Monogamie befürchtet", entgegnete sie schließlich.

Der Mann schien ernsthaft nachzudenken, kam aber erst nach einer gewissen Verzögerung zu einem Ergebnis.

„Ach ja", bestätigte er schließlich. „Bei dieser Geburtstagsfeier in der Nordstadt, als wir eine ganze Weile allein am Buffet waren."

„Ganz genau."

„Und inwiefern war das hilfreich für seinen Entschluss, nun doch zu heiraten?"

„Sagen wir: Wir haben eine Lösung für seine Bedenken gefunden."

„Ach! Ernsthaft? Darf man erfahren was für eine?"

Nein, dachte Kira. Das darf man nicht. Was in ihrem Schlafzimmer passiert war, würde in ihrem Schlafzimmer bleiben. Glücklicherweise kam der Langsame Walzer zu einem Ende, sodass sie Emilios Fragen nicht weiter ausweichen musste und es bei einem hintergründigen Lächeln belassen konnte. Es war wieder Partnertausch angesagt auf der Tanzfläche – und Emilio entschwebte im nächsten Moment mit Kiras Trauzeugin Viola. Immerhin war er jetzt der Antwort auf seine Frage sehr viel näher – zumindest körperlich. Und vielleicht würden ihre beiden Trauzeugen in dieser Nacht noch etwas mehr Nähe zueinander entwickeln.

Kira war ganz froh, als der DJ nach dem nächsten Tanz eine kleine Pause verkündete. Sie tanzte zwar für ihr Leben gern, aber dieser Tanz mit einem Onkel ihres Mannes war eher ein unerfreuliches und anstrengendes Stolpern gewesen.

„Schöne Party", hörte sie eine Stimme neben sich, als sie wieder am Brauttisch saß und soeben zu ihrem Weinglas gegriffen hatte.

„Danke", entgegnete Kira und lächelte ihre Tante Petra an, die sich nun zu ihr setzte.

Petra war ohne männliche Begleitung hier. Sie war 55 Jahre alt, ledig, und hatte drei (inzwischen erwachsene) Kinder von drei verschiedenen Männern. Beim ältesten Kind munkelte man, dass sie gar nicht so recht wisse, von wem es sei. Aber das war sicherlich nur ein böses Gerücht, das durch Petras umtriebigen Lebenswandel in jungen Jahren zustande gekommen war. Noch immer waren die gesellschaftlichen Konventionen in dieser Hinsicht gegenüber Männern weitaus großzügiger als gegenüber Frauen. Dass dies ihrer Tante ziemlich egal war, imponierte Kira.

„Aber darf ich dich mal etwas fragen?", sagte Petra nun in einem vertraulichen Ton und rückte näher an die Braut heran.

„Meine Lieblingstante darf mich alles fragen", entgegnete Kira.

„Ich bin deine Lieblingstante?"

„Ja klar, weißt du doch."

„Aber du hast doch gar keine andere Tante."

„Ja eben."

Petra sah sie mit einem süßsauren Lächeln an und fuhr fort:

„Offen gestanden habe ich mich ja doch ein wenig gewundert, dass du in so jungen Jahren schon heiraten willst."

„Jung? Ich bin 28."

„Ganz genau. Als ich in deinem Alter war, habe ich das Leben genossen und mich ausgetobt."

Wie jeder weiß, dachte Kira, sprach es aber nicht aus.

„Oder musstest du etwa heiraten?", hakte Petra nach.

Müssen? Na, so ganz stand ihre Tante wohl doch nicht über den alt hergebrachten Konventionen der Gesellschaft.

„Nein, ich musste nicht. Niemand muss heutzutage mehr heiraten wenn er oder sie das nicht will. Das solltest du doch am besten wissen."

„Da hast du allerdings recht", bestätigte Petra kichernd und nippte an ihrem Sektglas.

„Es gibt auch andere Gründe zu heiraten als eine versehentliche Schwangerschaft. Romantische Gründe zum Beispiel."

„Na klar, das will ich gar nicht bestreiten. Ist doch schön, wenn das bei euch so harmonisch gelaufen ist. Oder hat er dich sehr bedrängt, bis du endlich ja gesagt hast?"

„Nein, das kann man so nicht sagen."

Eher im Gegenteil, dachte Kira. Aber das musste sie ihrer Tante ja nicht unbedingt auf die Nase binden. Das würde trotz aller Offenheit wohl nicht so recht in ihr Weltbild integrierbar sein.

„Und glaubst du, dein Fabian wird dir treu sein?", fuhr Petra fort.

„Auf jeden Fall. Davon sollte man doch wohl ausgehen, wenn man heiratet. Sonst kann man es auch lassen."

„Siehst du, das meine ich. Was glaubst du wohl, wie viele Ehemänner in fremden Betten landen? Auch in jungen Jahren, wenn die Hochzeit noch gar nicht lange her ist. Ich weiß, wohin ich spreche."

„Mit anderen Worten: Du hattest auch verheiratete Lover in deinem Leben?"

„Ich hatte so manche Lover", entgegnete Petra ausweichend, aber nicht ohne Stolz. „Und mir ging es immer gut damit."

„Das finde ich toll. Aber dein Lebensmodell muss doch nicht für alle anderen gelten."

„Nein, natürlich nicht. Aber ohne dich jetzt verunsichern zu wollen: Der Anspruch, einander immer treu zu sein, ist nicht ganz leicht durchzuhalten. Der Pfarrer hat in seiner Predigt ja immer wieder darauf verwiesen, wie wichtig Treue ist."

„Stimmt, das hat er", bestätigte Kira.

Aber ganz offensichtlich verstand ihre Tante (wie vermutlich die meisten Menschen in diesem Raum) etwas anderes darunter als sie und Fabian. Petra setzte Treue mit Monogamie gleich. Diesen Fehler würde sie in ihrer Beziehung nicht machen. Kira empfand es als geradezu befreiend, dass sie und Fabian nach der Dreier-Nacht vor einem halben Jahr ein anderes Model vereinbart hatten. Von dieser Offenheit hatte Fabian bisher zwar noch nicht Gebrauch gemacht, aber das konnte sich natürlich schnell ändern.

Plötzlich kam Kira der Gedanke, dass sie bei jenem Gespräch im Frühstücksbistro ausschließlich über seine Möglichkeit für Fremdsex gesprochen hatten – nicht aber über ihre. Galt ihre Vereinbarung eigentlich auch umgekehrt? Logischerweise müsste das doch wohl so sein, sonst wäre es ja eine sehr einseitige Sache. Das verstand sich doch wohl hoffentlich von selbst. Naja, letztlich konnte man das klären, falls das jemals anstehen sollte – wovon Kira nicht unbedingt ausging. Sie war sehr verliebt in ihren frisch angetrauten Ehemann und konnte sich gar nicht vorstellen, mit einem anderen Mann ins Bett zu gehen. Auch wenn es natürlich noch andere leckere Männer gab in dieser Welt.

Emilio zum Beispiel. Dass der vorhin beim Blick in ihr Dekolletee einen Ständer bekommen hatte, war schon ein tolles Kompliment für Kira gewesen. Die Erektion eines Mannes war bekanntlich das ehrlichste Kompliment, das ein Mann einer Frau machen konnte. Aber solche Gedanken verboten sich ja wohl für eine frisch gebackene Ehefrau. Jetzt gehörte sie

Fabian und er gehörte ihr. Alles Weitere würde sich im Laufe der Ehe schon irgendwie finden. Irgendwie und irgendwann.

Mit genau diesen Gedanken strahlte sie Fabian an, als sie kurz darauf wieder mit ihm tanzte. Leider war er nicht so ein guter Tänzer wie Emilio, aber das würde sie ihm im Laufe der Ehe schon noch näherbringen.

„Worüber hast du denn mit deiner Tante so lange gesprochen?", fragte Fabian. „Ihr habt ja sehr ernst gewirkt dabei. Tiefgründige Themen?"

„Hm ja, kann man durchaus sagen", bestätigte Kira. „Es ging um Treue und Monogamie."

„Was ja nicht unbedingt dasselbe ist."

„Ich weiß. Und ich wüsste zu gern, wie viele Menschen hier das ebenso sehen."

„Deine Tante?"

„Eher nicht. Die setzt das ziemlich gleich."

„Das hätte ich jetzt nicht vermutet nach allem, was du mir von ihr erzählt hast."

„Vielleicht hat gerade das sie blockiert, eine lebenslange Beziehung zu führen", sagte Kira nachdenklich.

Die Braut hätte später nicht mehr sagen können, mit wie vielen Menschen sie auf ihrer Hochzeit getanzt hatte. Den Anspruch, sich wenigstens einmal mit jedem anwesenden Mann über das Parkett zu bewegen, erfüllte sie nicht. Dazu war die Party einfach zu groß. Aber zu später Stunde tanzte sie sogar mit Viola – wobei die beiden Frauen sich nicht ganz einigen konnten, wer führen sollte.

„Sag mal, dieser Emilio, den ihr beim Essen neben mir platziert habt, ist doch solo, oder?", fragte Viola während dieses Tanzes.

„Ganz genau."

„Wolltet ihr uns mit der Sitzordnung verkuppeln?"

„Ich würde sagen: Wir wollten euch eine Möglichkeit eröffnen. Der ist doch dein Typ, oder?"

„Hm, ja. Abgeneigt wäre ich nicht. Er hat mich ja vorhin schon ziemlich angebaggert. Mal sehen, vielleicht lasse ich mich tatsächlich von ihm abschleppen."

„Er ist auf jeden Fall ein attraktiver Mann."

„Ja, hässlich ist er nicht. Aber so ein, zwei andere hier gefallen mir besser."

„Zum Beispiel?"

„Fabian zum Beispiel."

„Vergiss es! Das ist meiner!"

„Och schade", entgegnete Viola augenzwinkernd.

Kira war sich für einen Moment tatsächlich nicht sicher, ob die Freundin einen Scherz gemacht hatte oder nicht.

„Ich denke ja gern an unseren Dreier zurück", fuhr Viola fort.

„Ich auch", erwiderte Kira. „Und das nicht nur wegen der Auswirkungen, die er hatte. Das war schon eine geile Nacht."

„Würdest du mir noch einmal Sex mit deinem Mann erlauben?"

„Naja vielleicht. Aber ganz sicher nicht heute Nacht. Das ist meine Hochzeitsnacht. Da gehört er mir. Mir allein!"

„Aber der Gedanke hätte doch was", sagte Viola, wobei ihr Schmunzeln in ein breites Grinsen überging: „Hochzeitsnacht zu dritt – wäre mal etwas anderes."

Statt zu antworten, trat Kira der Freundin kräftig auf den Fuß.

„Aua, spinnst du?"

„Was denn?", entgegnete die Braut und setzte ein Unschuldslächeln auf.

Damit war die Sache ja wohl geklärt – auch wenn ihre Trauzeugin doch hoffentlich nur einen Scherz gemacht hatte. Aber bei dieser Freundin konnte man nie wissen.

„Keine Sorge", sagte Viola. „Diese Nacht werde ich mit Emilio verbringen. Habe ich soeben beschlossen. Trauzeuge und Trauzeugin. Das ist doch fast zwangsläufig."

Vielleicht war es auch zwangsläufig, dass Fabian während der Party mehr trank, als gut war. Viele Freunde aus seiner alten Fußballmannschaft waren hier – und jeder wollte mit dem frisch gebackenen Ehemann trinken. Kira betrachtete das mit wachsendem Unbehagen, sagte aber nichts dazu. Schließlich wollte sie zum Start in die Ehe nicht zu einer Frau werden, die ihrem Mann Vorschriften machte. Letztlich musste er selbst wissen, wie viel er vertragen konnte – auch wenn Kira sich irgendwann doch einige Sorgen machte um ihre Hochzeitsnacht. Hoffentlich hatte der steigende Promillewert keine unschönen Nebenwirkungen auf seine Männlichkeit. Ungefickt bleiben in der Brautnacht? Das ging ja wohl gar nicht!

Ach was, beruhigte sie sich wieder. Es war schließlich nicht das erste Mal, dass Fabian zu viel trank. Nach einer Feier neulich bei Freunden hatte er sich auch ziemlich abgeschossen. Da hatte sie ernsthaft Mühe gehabt, ihn ins Taxi zu bekommen. Zusammen geschlafen hatten sie in jener Nacht dennoch. Wenn sie erst einmal im Bett lagen, konnte Kira sehr überzeugend sein – vor allem mit ihren Lippen. Allerdings hatte Fabian sich am anderen Morgen nicht mehr daran erinnern können – was nicht eben ein Kompliment war für eine Frau, die so hingebungsvoll geblasen hatte.

Ganz nüchtern war ja auch die Braut an diesem Abend nicht mehr. Aber man konnte auch zwischendurch immer mal Wasser trinken, wie Emilio das machte. Der hatte zwar ein Weinglas vor sich stehen, aber er trank eben auch etwas anderes. Und höchstwahrscheinlich hatte der ja auch noch etwas vor nach Ende der Party. Jedenfalls sah das nach einer ausgesprochen angeregten Unterhaltung zwischen ihm und Viola aus.

Der Flirt, den die beiden schon zu Beginn der Party aufgenommen hatten, setzte sich den ganzen Abend über fort – immer mal wieder. Na bitte, es war doch gut, dass sie ihre Trauzeugen zusammengesetzt hatten. Falls die beiden in Violas Zimmer landen sollten, dann würde Kira vielleicht sogar akustisch etwas mitbekommen von ihrem Sex in dieser Nacht. Violas Zimmer lag direkt neben dem Brautzimmer. Der Gedanke ließ Kira lächeln.

Kapitel 6:
Ein Quickie am Rande

Als Kira irgendwann auf die Toilette musste, stand ihr Mann schon wieder mit seinen Fußball-Freunden an der Bar. Die Gläser in den Händen der Männer sahen sehr nach hochprozentigen Inhalten aus. Achselzuckend setzte Kira ihren Weg fort.

Vor der Damentoilette war ein kleiner Stau. Offenbar hatten diverse Gästinnen der Hochzeitsfeier gleichzeitig festgestellt, dass die Blase drückte. Da Kira keine Lust hatte, lange zu warten, ging sie zu den Toiletten im allgemeinen Restaurantbereich des Hotels. Der war zu dieser späten Stunde völlig verwaist. Das Restaurant war bereits geschlossen, nur im Saal tobte wegen der Hochzeitsfeier noch das Leben. Von den Gästen hatten vermutlich gar nicht alle mitbekommen, dass es diesen zweiten WC-Bereich überhaupt gab.

Vielleicht sollte sie Fabian doch bitten, seinen Alkoholkonsum zu begrenzen, überlegte sie, als sie auf der Toilette saß. Allerdings wurde sie in ihren Gedanken gestört, als die Tür der Nebenkabine geöffnet wurde und ein deutliches „Pst, leise!" zu vernehmen war. Die Stimme klang nach ihrer Tante Petra – und die war offenbar nicht allein. Eine Bestätigung für diese Vermutung erhielt Kira, als sie im nächsten

Augenblick einen männlichen Schuh unter der nach unten nicht ganz durchgezogenen Trennwand der Kabinen erkennen konnte. Kurz darauf war das Geräusch von raschelndem Stoff zu vernehmen. Die anschließenden Sexgeräusche waren leise, aber dennoch wahrnehmbar.

Sieh mal einer an, dachte Kira. Ihre Tante war mit dem Austoben ihrer jungen Jahre offensichtlich noch nicht fertig. Casual Sex nannte man so etwas wohl. Wenn sich die Gelegenheit und ein passender Partner boten, dann tat man es eben. Das passte zu Petra. Aber warum auch nicht? Sie war nach wie vor eine attraktive Frau – und ganz offensichtlich in der Lage und Willens, irgendeinen Mann für einen Toiletten-Quickie abzuschleppen. Ob Kira in 30 Jahren wohl auch noch immer ein so aufregendes Sexleben haben würde? Sie hoffte es – wenn auch vielleicht nicht unbedingt auf einer Restauranttoilette. Da gab es dann doch schönere und romantischere Orte.

Warum ging ihre Tante mit dem Mann denn nicht auf ihr Zimmer, das sie in diesem Hotel gebucht hatte? Ach ja, das teilte sie mit ihrer Tochter – Kiras Cousine. Das ging dann natürlich nicht. Und der Mann, der sie in diesem Augenblick fickte, war sehr wahrscheinlich mit einer Partnerin hier und erlaubte sich soeben einen heimlichen Seitensprung. Wer war das wohl?

Am liebsten wäre Kira auf den Toilettensitz geklettert, um nachzusehen, mit wem ihre Tante es hier trieb. Was sie sich aber natürlich verbot. Mit wem hatte Petra denn zuletzt getanzt? Kira wusste es nicht. Und vielleicht war es auch besser, das nicht zu ergründen.

Ein diebisches Grinsen ging aber über ihr Gesicht, als Kira nun ihren Toilettengang beendete und die Spülung drückte. Als das Rauschen des Wassers verstummt war, herrschte absolute Stille nebenan. Offenbar hatte das spontane Paar erst jetzt mitbekommen, dass es nicht völlig allein hier war. Vermutlich würden sie gleich weitermachen, sobald sie Kiras sich entfernende Schritte wahrnahmen. Spannend, was so alles bei ihrer Hochzeit passierte. Hatten wohl noch andere Menschen hier sexuelle Abenteuer, von denen niemand etwas ahnte? Wer wusste das schon.

Kapitel 7:
Die Hilfe der Trauzeugen

Nicht ganz so spannend nahm Kira den Blick auf ihren Mann wahr, als sie in den Saal zurückgekehrt war. Fabian stand nun zwar nicht mehr mit seinen Freunden an der Bar, sondern saß wieder am Brauttisch. Aber er machte den Eindruck, als werde er im nächsten Moment auf seinem Stuhl einschlafen.

Och nö, das konnte doch wohl nicht wahr sein. Naja, es war natürlich auch schon ziemlich spät. Insofern war das vielleicht auch verständlich bei seinem Alkoholkonsum – auch wenn dies ihre Hochzeitsparty war. Die nun allerdings mehr und mehr abebbte. Einige Gäste hatten sich wohl schon französisch (also stillschweigend) verabschiedet. Kira versuchte, ein Gespräch mit ihrem Mann zu beginnen. Der Verlauf blieb jedoch sehr einseitig.

„Wollen wir uns mal auf unser Zimmer zurückziehen?", fragte sie ihn schließlich.

„Hmm", murmelte er nur – offenbar tatsächlich fast schon eingeschlafen.

Sie griff zu seinem Arm und wollte ihn auf die Beine ziehen. Aber der Mann reagierte nicht. Unglücklich sah Kira sich um. Ihr Blick traf den von Emilio.

„Brauchst du Hilfe?", fragte der Trauzeuge.

„Ich fürchte ja", sagte Kira. „Könnt ihr mir mal helfen, den Mann auf unser Zimmer zu bringen?"

Sie fand den Gedanken, dass sich das Brautpaar ebenfalls französisch von der Feier verabschiedete, ja ganz charmant. Aber dass sie dafür die Hilfe der beiden Trauzeugen brauchen würde, hätte sie nicht erwartet.

Immerhin gelang es ihnen gemeinsam, den Bräutigam von seinem Stuhl in die Senkrechte zu befördern. Anschließend ging er sogar ziemlich selbstständig in Richtung Aufzug – wenn auch auf beiden Seiten gestützt. Die schmunzelnden Blicke einiger Hochzeitsgäste übersah Kira großzügig. So richtig französisch war dieser Abgang des Brautpaares dann doch nicht.

Im Aufzug stand Fabian wieder halbwegs stabil. Nur als der Fahrstuhl im dritten Stock stoppte, kam er durch den leichten Ruck ins Wanken. Viola und Emilio fingen ihn auf, hielten ihn im Gleichgewicht und führten ihn anschließend über den Gang, der wie ausgestorben wirkte. Diverse Gäste schliefen wohl schon, andere vernaschten vielleicht noch die Reste des Mitternachtsbuffets. Wobei nach Verschwinden des Brautpaares die Party ja wohl vorbei war. So jedenfalls sah es im Allgemeinen die Etikette vor.

„Das ist doch mal ein Bett", stellte Emilio fest, als Kira die Schlüsselkarte aus der Anzugtasche ihres Mannes gefischt und die Tür geöffnet hatte.

Tatsächlich war nicht nur das Zimmer, das vom Hotel als Hochzeitssuite bezeichnet wurde, sondern auch das Bett deutlich größer, als man das in einem normalen Doppelzimmer erwarten würde. Aber diese überbreite Spielwiese würde in dieser Nacht wohl leider nur zum Schlafen genutzt werden, dachte Kira missmutig mit Blick auf ihren im Stehen schlafenden Mann. Als sie Fabian ans Bett geführt hatten, ließ er sich ganz einfach nach hinten fallen. Vermutlich hatte er überhaupt nicht mitbekommen, dass er den Raum gewechselt hatte.

„Helft mir bitte mal", sagte Kira und begann, Fabian auszuziehen.

„Na das ist doch ein schöner Teil der Hochzeitsnacht", kicherte Viola. „Die Braut zieht den Bräutigam aus. Schade nur, dass der davon nichts mitbekommt."

Kira sah sie unglücklich an und zuckte mit dem Schultern. Gemeinsam pellten sie den schlafenden Mann aus seinem Anzug und befreiten ihn von Hemd und Socken. Als Kira und Viola ihm die Hose abstreiften, kam ihm zugleich auch sein Slip abhanden, sodass der Bräutigam nun nackt vor seiner Frau und seinen Trauzeugen lag.

Wehmütig blickte Kira auf ihren Mann, dessen Körper sich an allen Stellen im vollkommenen Ruhemodus befand. Eigentlich hatte sie sich in ihren romantischen Träumen auch die Hochzeitsnacht als besonders aufregend vorgestellt. Der Sex mit Fabian war während der Jahre ihrer Beziehung immer wundervoll gewesen. Aber in der Hochzeitsnacht, so als frisch gebackene Eheleute – das wäre dann doch noch etwas Besonderes gewesen. So zumindest ihre Erwartung. Doch Fabian schlief wie ein Stein. Kira zog die Decke über ihn, was er offenbar nicht weiter mitbekam.

„Ich sehe, du wirst eine treusorgende Ehefrau", merkte Viola mit spöttischem Grinsen an.

Kira reagierte mit einem süß-sauren Lächeln.

„Da läuft wohl nichts mehr", sagte nun auch noch Emilio.

Das sehe ich selbst, dachte Kira. Das musst du mir nicht auch noch um die Ohren hauen.

„Hilf mir bitte auch mal", sagte sie, streifte sich die weißen Pumps ab und wandte Viola den Rücken zu. „Aus dem Kleid komme ich allein nicht raus."

„Soll ich schon mal gehen?", fragte Emilio, als Viola begann, den nicht ganz unkomplizierten Verschluss des Hochzeitskleids zu öffnen.

„Ach quatsch", entgegnete Kira. „Wir sind doch alle erwachsen."

Im nächsten Moment fiel das Kleid zu Boden und Kira stand nur noch in ihren Dessous zwischen den Trauzeugen. Emilio sah sie nicht an, er starrte sie an. Er hatte ihr ja auch schon während des Tanzens immer wieder ins Dekolletee geschielt. Jetzt sah er allerdings noch deutlich mehr von ihren üppigen Brüsten, die von dem dünnen, bügellosen BH kaum gehalten wurden.

Kira ertappte sich dabei, wie sie diese Blicke genoss. Sie blieb regungslos stehen und sah ihrerseits den Trauzeugen an. Dabei begann ihr Herz zu pochen – nicht heftig, aber sie spürte es.

Was war das denn?

Sie hätte später nicht mehr sagen können, wie lange sie zwischen den beiden Freunden gestanden hatte. Aber als Viola ihr schließlich auch den BH öffnete und zu Boden fallen ließ, empfand Kira das als ganz normal. Dass Emilios Augen sich ins Unendliche weiteten, empfand sie als Kompliment. Mehr noch: Es war geradezu eine Genugtuung, gewissermaßen eine kleine Entschädigung dafür, dass ihr frisch angetrauter Ehemann sich abgeschossen und ihre Reize unter dem Brautkleid in dieser sehr besonderen Nacht gar nicht mehr wahrnehmen konnte.

Als Kira Violas Lippen im Nacken spürte, bekam sie eine Gänsehaut. Zugleich schoben sich die Hände der Freundin von hinten zu ihren Brüsten und massierten sie sanft.

„Dein Mann ist ein Idiot", sagte Viola leise. „Dass er sich vor dieser Nacht derart betrunken hat, ist einfach unfassbar."

Das sah Kira nicht anders – auch wenn sie nicht den Begriff „Idiot" gewählt hätte. Natürlich hatte sie keinen Idioten geheiratet, sondern einen großartigen Mann, der ein wundervoller Liebhaber war – normalerweise jedenfalls.

Violas Hände gaben Kiras Brüste wieder frei und wanderten zu ihren Hüften.

„Sie ist wunderschön, findest du nicht?", sagte die Trauzeugin und sah Emilio an.

Der schluckte und nickte.

Viola streckte eine Hand aus und machte eine einladende Geste. Emilio trat einen Schritt auf die beiden Frauen zu. Als er nun nah genug war, ergriff Viola seine Hand und führte sie zu Kiras Brüsten. Zaghaft begann er, sie zu streicheln.

„Aber", sagte er. „Aber das …."

Mehr brachte er nicht hervor; seine Stimme schien einfach zu versagen. Die Frauen sahen ihm an, dass er sich nicht wohlfühlte bei dem was er tat. Andererseits war es ihm aber auch nicht möglich, die Finger von dieser reizvollen Oberweite zu nehmen – nachdem er doch von Viola ausdrücklich eingeladen worden war, und Kira ganz offensichtlich nichts gegen seine Liebkosungen einzuwenden hatte.

„Eine Braut muss in der Hochzeitsnacht gefickt werden", konstatierte Viola und sah Emilio an.

Verblüfft sah Kira sich zu ihrer Freundin um. Bisher war das hier ein kleines sinnliches Spiel gewesen, das jeden Moment wieder ein Ende finden konnte. Aber Violas Blick zeigte sehr deutlich, dass sie aus diesem Spiel mehr machen wollte. Wollte Kira das auch?

Als sie im nächsten Augenblick Finger in ihrem Schoß spürte, schloss sie die Augen und schob diese Frage beiseite. Sie fragte sich nicht einmal mehr, wem diese Finger gehörten. Das war ja auch nicht weiter wichtig. Was zählte, waren allein die vier Hände, die mit so viel Zärtlichkeit über ihre Haut wanderten – und die Lippen, die sich nun auf ihren Mund legten. Kira genoss den leidenschaftlichen Kuss mit Viola und ließ sich einfach nur fallen.

Emilios Augen waren noch immer riesengroß, als sich die beiden Lippenpaare wieder voneinander trennten. Kira sah Emilio an und konnte gar nicht anders, als nun auch ihn zu küssen. Der schien noch immer nicht so recht zu wissen, ob er das alles real erlebte. Und vor allem: ob er das erleben durfte. Immerhin war Kira die Braut und Emilio nicht der Bräutigam. Aber er war dessen Trauzeuge. Und als solcher hatte er ja schließlich die Aufgabe, den Bräutigam zu unterstützen. Emilio hatte zwar erhebliche Zweifel, ob damit auch eine Unterstützung in der Hochzeitsnacht gemeint war, aber wenn die Braut es so wollte, dann konnte er sich ja wohl schlecht verweigern.

Kira spürte seine Erektion. Der Mann drückte sich bei der Umarmung eng an sie. Viel mehr noch als vorhin beim Tanzen, wo Emilio wohl nicht so recht gewusst hatte, ob er das durfte oder nicht. Auch jetzt schien der Trauzeuge noch immer unsicher zu sein – was ihn aber offensichtlich nicht daran hinderte, sich mit seinem Ständer gegen sie zu drücken. Und nun war auch weit weniger Stoff zwischen ihnen. Er trug zwar noch immer seine Hose, sie aber lediglich noch ihren Slip – und der war eher ein Hauch von einem Nichts.

Als auch dieser Kuss schließlich ein Ende fand, drückte sich Viola noch intensiver von hinten an Kira. Die Braut war regelrecht umschlossen von den beiden Trauzeugen. Was hatte Viola eigentlich vor? Wollte sie ernsthaft dafür sorgen, dass die Braut in der Hochzeitsnacht Sex mit einem Mann hatte? Ihr Spruch vor ein paar Minuten war doch sicherlich nur ein Spruch gewesen. Oder etwa nicht? Sollte der Trauzeuge tatsächlich den betrunkenen Ehemann ersetzen? Und falls ja: Wollte Viola dabei mitmachen? Nun ja – es wäre schließlich nicht der erste Dreier, den Kira mit der Freundin erlebte.

Also gut, beschloss sie schließlich. Die Sache hatte ja auch bereits begonnen. Jetzt wieder abbrechen und die Trauzeugen aus dem Zimmer werfen? Das ging einfach nicht. Jetzt nicht mehr. Das würde sie sich nie verzeihen.

Emilio zog sein Sakko aus. Er macht das sehr langsam, geradezu zögerlich. Dabei warf er einen prüfenden Blick auf den schlafenden Bräutigam. Ja, Fabian schlief wirklich sehr fest, stellte Emilio fest und legte seine Jacke schließlich entschlossen zur Seite.

Beim Rest seiner Kleidung waren ihm beide Frauen behilflich. Viola öffnete die Knöpfe seines Hemds, Kira machte sich an seiner Hose zu schaffen. Sie war gespannt, wie diese Erektion, die sie nun schon mehrfach wahrgenommen hatte, wohl aussah.

Sie ging in die Hocke und befreite Emilio von seiner Hose. Die Beule, die sich in seinem Slip abzeichnete war eindrucksvoll. Es war erkennbar, dass der Mann an dieser Stelle einiges zu bieten hatte. Kira massierte diese Beule, drückte einen flüchtigen Kuss darauf und zog den Slip schließlich herunter. Emilios steifer Schwanz sprang ihr regelrecht ins Gesicht. Sie griff danach und nahm ihn in den Mund.

Als Kira während des Blasens nach oben schielte, sah sie wie Viola und Emilio sich küssten. Nicht heftig, aber es war doch mehr als nur ein Küsschen, das Viola dem Mann gab. Im nächsten Augenblick jedoch entschwand Viola aus Kiras Blickfeld. Vermutlich zog sie sich jetzt aus und würde dann gleich wieder bei ihnen sein. Hochzeitsnacht zu dritt, dachte Kira innerlich kopfschüttelnd. So hatte sie sich das nicht

vorgestellt – schon gar nicht ohne ihren frisch angetrauten Ehemann. Aber aufregend war es. Sie spürte
ihren Herzschlag, der selbst bei ihrer Entjungferung
dereinst nicht heftiger gewesen war.

Kira stand wieder auf und umarmte den nun
nackten Emilio. Ihre Lippen fanden sich erneut zu
einem sinnlichen Kuss. Dieses Mal zögerte der Mann
nicht mehr – und sie selbst ebenfalls nicht. Ihre Zungen tanzten miteinander, Kira spürte Emilios Hände
auf ihrem Po. Er drückte sie fest an sich und sie spürte seinen Schwanz nun noch sehr viel deutlicher als
vorhin bei ihrem ersten Kuss. Nun war auch nur
noch ihr dünner weißer String zwischen seiner
Männlichkeit und ihrer Muschi. Und das vermutlich
auch nicht mehr lange, wie Kira sehr stark vermutete.
Aber sie wollte es liebend gern ihm überlassen, sie
von dem Slip zu befreien.

Im nächsten Moment drückte er sie auf das Bett.
Kira ließ sich fallen und kam neben ihrem Mann zu
liegen. Sie sah ihn an; er schlief den Schlaf des Ge-
rechten. Dass das Bett soeben in Unruhe geraten war,
hatte er ganz offensichtlich nicht mitbekommen.

Emilio vergrub seinen Kopf zwischen Kiras Beinen. Er hielt sich nicht damit auf, ihr den Slip auszuziehen, sondern schob ihn einfach beiseite – was bei
diesem String auch nicht weiter schwierig war. Als
sie seine Zunge zwischen ihren Schamlippen spürte,
gab sie einen kurzen Lustseufzer von sich. Emilio
leckte sie heftig und gierig. Er war beinahe zu heftig.

Aber Kira konnte es dennoch genießen. Es war unfassbar aufregend, was hier geschah. Eigentlich hatte sie erwartet, dass dieser Mann in dieser Nacht mit ihrer Freundin im Bett landen würde – und nicht mit ihr selbst.

Ach ja: die Freundin. Wo war eigentlich Viola? Wollte die sich nicht ausziehen?

Nein, wollte sie nicht, wie Kira nun überrascht feststellte, als sie zur Seite blickte. Viola saß in dem Sessel neben dem Bett, war noch immer komplett angezogen, und sah ihnen einfach nur zu. Offenbar hatte die Trauzeugin beschlossen, den einzigen noch einsatzfähigen Mann hier ganz und gar der Braut zu überlassen. Der Gedanke gefiel Kira, und sie warf ihrer Freundin einen Luftkuss zu – den diese umgehend erwiderte. Dann aber konzentrierte sich Kira wieder auf den Mann zwischen ihren Beinen.

Sie konnte sich immer besser einlassen auf Emilios heftiges Zungenspiel. Fabian machte so etwas meist sanfter und zärtlicher. Was Kira eigentlich mehr mochte. Aber hier und jetzt passte es gut, wie sie verwöhnt wurde. Vermutlich lag die Heftigkeit des Mannes auch an der außergewöhnlichen Situation, in der sie sich befanden. Über die Frage, wie sie das alles später ihrem Mann erklären sollte, würde sie später nachdenken.

Vorerst stellte Kira das Denken mehr oder weniger ein. Sie war nur noch eine lustvolle Frau, die es genoss, wie der attraktive Mann in ihrem Schoß sie einem Höhepunkt entgegenleckte. Als der Orgasmus schließlich ihren Körper durchzuckte, blieb sie ganz leise dabei – auch wenn sie dieses wundervolle Empfinden am liebsten lautstark dem ganzen Hotel mitgeteilt hätte. Doch Kira presste eine Hand vor ihren Mund, um den Lustschrei zu unterdrücken, der eigentlich aus ihr herauswollte.

Gleichzeitig sah sie ihren schlafenden Mann an, den sie in diesem Augenblick lieber nicht wecken sollte. Wer wusste schon, wie der frisch gebackene Ehemann reagierte, wenn er ausgerechnet in der Hochzeitsnacht seine Frau beim Fremdsex entdeckte. Das Gefühl, hier etwas Verbotenes, geradezu Unerhörtes zu tun, verstärkte Kiras Herzklopfen während des Höhepunktes ins Unermessliche. So völlig eingestellt hatte sie ihr Denken doch nicht. Aber ihre Gedanken störten ihre Lust nicht. Im Gegenteil.

„Nochmal", hörte Kira sich sagen, als der Orgasmus schließlich abgeklungen war.

Sie griff zu Emilios Kopf und drückte ihn fest in ihren Schoß – gerade so, als wolle sie den Mann zwischen ihren Beinen niemals wieder freigeben.

Ihr Lover reagierte wie gewünscht. Und nun kam es Kira ausgesprochen schnell ein zweites Mal. Jetzt blieb sie auch nicht ganz so leise wie bei ihrem ersten Orgasmus. Als sie das realisierte, blickte sie erschrocken zur Seite. Doch Fabian schlief – tief und fest und offensichtlich vollkommen im Einklang mit sich und dem Universum.

Kira warf ihrem Mann einen Luftkuss zu. Irgendwie hatte sie das Gefühl, ihn damit ein ganz klein wenig an diesem Sex zu beteiligen, von dem er gar nichts mitbekam. Aber das reichte fürs Erste auch. Dann war sie wieder ganz bei Emilio.

Ihr Lover tauchte aus ihrem Schoß auf und sah sie an. Seine Lippen schimmerten im matten Licht der Nachttischlampe feucht, sein Kopf wurde noch immer von Kiras Händen gehalten. Sie zog an diesem Kopf, und er verstand, was sie wollte. Umgehend lag er komplett auf ihr, und Kira öffnete ihre Beine noch weiter.

Sein Schwanz drückte sich auf ihren feuchten Slip, der ihre Muschi nur so halb bedeckte. Kira konnte gar nicht so recht wahrnehmen, ob er auf dem dünnen Stoff oder schon eher auf ihren Schamlippen rieb. Vielleicht wollte sie das auch gar nicht so genau wissen. Ein bisschen Schutz bot der Slip ja doch noch – wenn auch wohl eher in ihren Gedanken als in ihrem Schoß. Falls Emilio ihr seinen Schwanz jetzt einfach hineinstecken würde, konnte sie das gar nicht mehr verhindern. Aber wollte sie es denn verhindern? Eigentlich nicht. Doch Emilio konnte sich offenbar auch nicht entschließen, es zu tun. Hatte er Skrupel, auch diesen letzten Schritt mit der Frau seines besten Freundes zu gehen?

Violas Blick klebte geradezu an dem Paar im Bett. Auf den ersten Blick sah es aus, als würden sie es miteinander machen, aber Viola war sich sicher, dass das nur eine französische Schlittenfahrt war. Worauf warteten die zwei eigentlich? Wollte Emilio ihr nicht endlich den String ausziehen? Obwohl – wozu eigentlich? Wirklich stören würde das winzige Teil doch gar nicht. Kira war deutlich anzusehen, dass sie jetzt gefickt werden wollte. So wie das eine Braut in der Hochzeitsnacht schließlich erleben sollte – wenn man einmal davon absah, dass sich nicht der frisch angetraute Ehemann zwischen ihren Beinen befand, sondern der Trauzeuge.

Vielleicht wäre es doch hilfreich, wenn Kira endlich ihren String verlieren würde. Da war Viola schon weiter. Sie trug zwar noch immer ihr kurzes Kleid, aber sie hatte sich mittlerweile von ihrem Slip befreit. Beim Anblick des Liebesspiels vor ihren Augen hatte sie gar nicht anders gekonnt, als die Hände in den eigenen Schoß zu legen – und da hatte sie ihren Slip dann doch als störend empfunden. Sie hatte inzwischen einen Fuß auf die Bettkante gestellt, der andere befand sich nach wie vor am Boden. Sie hatte einen guten Blick auf Kira und Emilio und betrachtete lustvoll, was die zwei taten. Dass Viola dabei ihre eigene Muschi verwöhnte, hatte sich ganz von selbst ergeben.

„Zieh mir den Slip aus", sagte Kira nun endlich zu Emilio.

Der stellte seine Bewegungen auf ihr nur zögerlich ein, erhob sich dann aber doch aus ihrem Schoß und sah sie an. Sein Schwanz war groß und steif, stellten beide Frauen anerkennend fest. Wobei er aus Violas seitlicher Sicht noch eindrucksvoller aussah. Dafür wusste Kira, wie er sich anfühlte – wenn auch noch immer nicht in ihr. Aber das würde sich ja nun hoffentlich bald ändern. Oh ja, sie wollte den Mann in sich spüren.

Kira hob den Po an, als Emilio zu ihrem String griff und ihn über ihre Oberschenkel nach unten zog. Als er ihn in Händen hielt, warf er ihn nicht sofort zur Seite, sondern drückte ihn vor sein Gesicht und atmete tief ein. Als er ihn dann doch fallen ließ, warf Kira dem Mann einen Luftkuss zu. Sie hatte seine sinnliche Geste als prickelnd empfunden – auch wenn Emilio ihren Duft und auch ihren Geschmack ja bereits aus der direkten Wahrnehmung kannte. Aber solche kleinen Gesten nahm Kira als romantisch wahr. Einem Mann, der so etwas tat, konnte sie einfach nicht widerstehen.

Als Kira nun (abgesehen von ihren weißen, halterlosen Strümpfen) nackt war, richtete sie sich auf und griff zu Emilios Schwanz. Zugleich drückte sie gegen seine Schulter und er ließ sich auf den Rücken fallen. Dass er dabei gegen Fabian stieß, nahm niemand so recht wahr – auch der schlafende Ehemann nicht.

Kira setzte sich auf Emilios Beine und drückte seinen Schwanz in ihren Schoß. Sie rieb damit an ihren Schamlippen, aber sie ließ ihn nicht in sich hineingleiten. Jetzt war da kein Slip mehr, jetzt spürte sie seine Männlichkeit Haut an Haut – und das an ihrer intimsten Stelle. Obgleich alles in ihr nach diesem Schwanz schrie und sie jetzt nichts lieber wollte, als ihn in sich zu spüren, fand sie tief in sich doch noch einen letzten Rest an Vernunft.

„Hat einer von euch zufällig Kondome dabei?", fragte sie und sah erst Emilio und dann Viola an.

Erst jetzt bemerkte sie, dass die Freundin eine Hand unter ihrem Rock hatte, was Kira ein Schmunzeln entlockte.

„Nebenan in meinem Zimmer", entgegnete Viola, wobei sie bereits schwer atmete.

„Ich gar nicht", sagte Emilio und sah sie unglücklich an.

Offenbar sah der Mann soeben seinen Traum vom Fick mit der Braut zerplatzen. Seinen Blick jedenfalls konnte man entsprechend deuten.

„Ach was solls", sagte Kira jedoch nach ein paar sehr langen Sekunden.

Im nächsten Moment setzte sie sich entschlossen auf Emilios Schwanz. Er drang mühelos in ihre nasse Muschi ein. Kira konnte ihn tief in sich spüren und begann einen behutsamen Ritt auf ihm. Dass sie den kräftigen Griff seiner Hände an ihrem Po spürte, verstärkte ihre Lust. Sie mochte es, wenn sie so angefasst wurde.

Sie stützte sich auf der Brust ihres Lovers ab und erhöhte allmählich das Tempo. Dabei warf sie einen Blick zur Seite: Fabian schlief. Ein Blick zur anderen

Seite: Viola masturbierte. Ein Blick zu Emilio: Er sah sie mit großen Augen an, wobei sein Blick ständig zwischen Kiras Augen und ihren schaukelnden Brüsten pendelte.

Es war zwar nicht ihre Lieblingsstellung, wenn sie oben war, aber in diesem Moment war es perfekt. Sie ritt immer schneller auf Emilio und bald spürte sie, wie sich ein weiterer Orgasmus in ihr aufbaute. Sie hatte zwar noch nie Probleme damit gehabt, aber manche Positionen waren für einen Höhepunkt nun einmal besser geeignet als andere. Jedenfalls bei ihr war das so. Und in der Reiterstellung kam sie meist ziemlich gut.

Wieder war sie nicht ganz leise, als sie nun so weit war – auch wenn sie nicht so laut war, dass das ganze Hotel sie hätte hören können. Das verkniff sie sich dann doch. Obgleich sicherlich alle Hochzeitsgäste dafür vollstes Verständnis gehabt hätten, sofern sie ihre Stimme erkannt hätten. Schließlich war sie die Braut, und dies hier war ihre Hochzeitsnacht. Da durfte eine frisch gebackene Ehefrau auch mal laut sein beim Sex. Allerdings hätte sich bei aller Fantasie wohl niemand vorstellen mögen, wer ihr diesen wundervollen Orgasmus beschert hatte. Als Kira diesen Gedanken realisierte, huschte ein schelmisches Grinsen über ihr Gesicht.

Als die letzten Zuckungen ihres Höhepunktes schließlich abgeklungen waren, stieg sie von Fabians Schwanz – was ihm geradezu Entsetzen bereitete, wie sie in seinem Blick erkannte. Seine Hände hatten noch immer ihren Po im Griff, und er versuchte, sie festzuhalten. Vielleicht war auch er fast so weit und wollte die Nummer einfach nicht abbrechen. Aber Kira setzte sich durch. Sie wollte mehr, und falls Emilio kurz vor seinem Höhepunkt sein sollte, dann war es umso besser, hier zu unterbrechen.

Es war ja auch nur für einen kurzen Wechsel. Jetzt wollte sie es in ihrer Lieblingsstellung – und das war doggy. Sie kniete sich vor ihn, drehte sich zu ihm um und klatschte mit der Hand auf ihren Po. Sofort war er hinter ihr und erneut in ihr.

Emilio nahm sie mit tiefen und kräftigen Stößen. Falls sie mit dem Stellungswechsel tatsächlich seinen nahenden Orgasmus gestört hatte, dann war diese Störung erfreulicherweise sehr wirksam gewesen. Jedenfalls hielt er jetzt erneut gut durch und zeigte keine Anzeichen eines nahenden Höhepunktes. Vielleicht würde es ihr ja noch einmal kommen – auch wenn das in dieser Stellung nicht ganz so leicht passierte. Dennoch mochte Kira es besonders gern, wenn sie von hinten genommen wurde.

Fabian verwöhnte sie in dieser Position auch immer wieder zusätzlich mit einem Finger am Kitzler, auch wenn das für ihn sicherlich anstrengend war. Aber es lohnte sich stets. Leider machte Emilio keine Anstalten, dies ebenfalls zu tun. Nun ja, Männer waren eben unterschiedlich. Und das war auch gut so.

Wann würde sie es als Ehefrau wohl zum ersten Mal mit ihrem Ehemann in dieser Stellung machen?

Möglicherweise schneller, als sie es erwartet hätte. Plötzlich blickte Kira in zwei sehr wache Augen ihres Mannes, der direkt vor ihr lag. Die frisch gebackenen Eheleute sahen sich an, Kira konnte Fabians Blick nicht so recht deuten. Hoffentlich gab es jetzt kein Drama – was ja durchaus denkbar wäre. Jedenfalls wenn man die allgemein geltenden Konventionen beachtete. Was Kira aber keineswegs zu tun bereit war. Dafür fühlten sich Emilios Stöße in ihr einfach zu geil an. Er sollte das bitte weiter fortsetzen – ob Fabian nun wach war oder nicht. Wie lange hatte er ihnen wohl schon zugesehen?

Als erste Reaktion zuckte Kira verlegen lächelnd die Schultern. Anschließend beugte sie sich zu ihrem Mann und küsste ihn. Dass er sich auf diesen Kuss einließ und umgehend seine Zunge in ihren Mund stieß, beruhigte sie. Offenbar siegte soeben seine Geilheit über die Eifersucht, die in einer solchen Situation ja verständlich gewesen wäre.

Als sich ihre Lippen wieder voneinander trennten, zog Kira die Decke von ihrem Mann. Sie war keineswegs überrascht, dass nicht nur seine Augen wach waren. Sie griff zu seinem Schwanz, der härter kaum sein konnte. Sie rieb kurz daran und nahm ihn dann in den Mund. Zwei Schwänze für mich, dachte sie. Manche Fantasien wurden tatsächlich Wirklichkeit.

Obgleich Fabian Kiras Mundmusik liebte, ließ er sich nicht allzu lange von ihr blasen. Er richtete sich auf und war plötzlich auf den Knien – direkt neben Emilio und somit hinter seiner Frau.

Der Trauzeuge hatte bis zu diesem Augenblick noch gar nicht mitbekommen, dass der Ehemann aus seinem Schnapskoma erwacht war. Während des Kusses der Eheleute hatte er sich vom Blick auf die masturbierende Viola ablenken lassen. Eine Frau ficken und der anderen auf die feucht glänzende Muschi starren – das war schon geil.

Erschrocken sah er nun jedoch seinen Freund an – was für ihn aber keineswegs ein Grund war, den Fick mit dessen Ehefrau umgehend abzubrechen. Sein Freund sah das anders.

„Platz da!", sagte Fabian und wollte Emilio von Kiras Po verdrängen.

„Gleich", entgegnete der Trauzeuge schwer atmend und stieß unverdrossen und nun noch heftiger in die Braut.

Im nächsten Augenblick kam er in ihr. Sie spürte, wie sein Sperma in sie hineinströmte. Seine Hände an ihren Hüften griffen fest zu. Sehr fest.

„Jetzt aber!", sagte Fabian und schob den Freund unsanft zur Seite.

Kira staunte, woher ihr Mann plötzlich diese Energie nahm. Doch es war ihr ausgesprochen recht. Sie empfand Stolz, dass die beiden Männer sich um sie stritten. Und sie empfand es als angemessen, dass ihr Ehemann nun seine Rechte einforderte und das auch durchsetzte.

Nur für Emilio tat es ihr leid. Er wurde verdrängt, bevor er die letzten Zuckungen seines Höhepunktes in ihr hatte auskosten können. Das spürte sie sehr deutlich. Als er von ihrem Po weggestoßen wurde und sein Schwanz aus ihr herausflutschte, spritzte noch immer etwas Sperma heraus und landete auf ihren Pobacken.

Im nächsten Augenblick war da auch schon Fabian. Er drückte seinen harten Schwanz gegen ihren Po und war umgehend in ihrer Muschi. Ob er dabei wohl auch Emilios Sperma von ihrem Hinterteil in sie hineingetragen hatte? Schon möglich, dachte Kira und spürte, wie ihr Mann sie mit schnellen Stößen zu ficken begann. Aber das war ja eigentlich egal. Emilios Sperma befand sich ohnehin schon in ihr. Er hatte es genau dort gelassen, wo es auch hingehörte. Und in dieses Sperma fickte ihr Mann nun hinein. Wie geil war das denn!

Kira drückte ihren Kopf in das Kissen, das vor ihr lag, krallte ihre Finger hinein und konzentrierte sich ganz auf Fabians Stöße. Wie immer genoss sie es sehr, wenn er es in dieser Stellung mit ihr machte. Und jetzt spürte sie auch noch seinen Finger an ihrem Kitzler. Dass er das tat, hätte sie bei seiner geradezu unermesslichen Geilheit gar nicht erwartet.

Tat er auch nicht, wie sie im nächsten Moment realisierte. Seine Hände waren beide an ihren Hüften, er hielt sie fest im Griff. Wer war denn dann mit den Fingern in ihrem Schoß?

Kira blickte auf und stellte fest, dass es Viola war. Sie war als einzige noch immer angezogen, kniete vor dem Bett und hatte eine Hand in Kiras Schoß geschoben. Wunderbar – die Freundin wusste ganz genau, welchen zusätzlichen Reiz eine Frau brauchte, die doggy genommen wurde.

Wobei sich Kira nicht sicher war, wie lange die Freundin diesen Liebesdienst für sie wohl durchhalten würde. Immerhin wurde sie dabei etwas abgelenkt – von Emilio, der nun hinter Viola kniete und sie von hinten nahm. Er hatte einfach ihr kurzes Kleid hochgeschoben und fickte sie ebenfalls doggy. Erstaunlich – wo er doch gerade erst einen Höhepunkt erlebt hatte. Aber manche Männer brauchten in bestimmten Situationen keine Erholungszeit. Emilio gehörte ganz offensichtlich zu diesen Männern.

Doch Viola hörte nicht auf, Kira zu liebkosen. Jedenfalls nicht allzu bald. Ihre Finger am Kitzler und Fabians Stöße zeigten sehr schnell eine wundervolle Wirkung: Kira hatte einen weiteren Orgasmus. Und dieses Mal bremste sie den Ausbruch nicht im Geringsten. Sie brüllte nicht nur die Hochzeitssuite zusammen, sondern das gesamte Hotel. Naja, zumindest die Zimmer auf dieser Etage. Dort aber war sie mit Sicherheit zu hören. Der Gedanke gefiel ihr.

Als sie nach endlosen Nachzuckungen endlich wieder halbwegs zur Ruhe kam, zog Viola ihre Finger nun doch aus Kiras Schoß, hielt sich nur noch am Bett fest und konzentrierte sich auf ihren eigenen Stecher.

Fabian gönnte seiner Frau keine Pause. Er fickte sie wie besessen – was Kira ausgesprochen recht war. Zu ihrer eigenen Überraschung kam sie dabei erneut – und das nun auch ohne die Unterstützung durch Violas Finger. Wieder war sie laut dabei, wenn auch vielleicht nicht ganz so laut wie kurz zuvor. Als es Fabian in ihren gerade noch abklingenden Höhepunkt hinein ebenfalls kam, empfand Kira ein grenzenloses Glücksgefühl. Sie hatten einen gemeinsamen Orgasmus erlebt! Und das auch noch in der Hochzeitsnacht! Konnte es für eine Braut etwas Schöneres geben?

Es dauerte lange, bis sie beide völlig zur Ruhe kamen. Fabian stieß endlos nach und beendete das erst, als sich sein deutlich geschrumpfter Schwanz ganz von selbst aus ihr verabschiedete. Kira hätte ihn gern noch länger in sich gespürt. Aber was nicht ging, das ging nun mal nicht.

Kira hatte den Eindruck, dass Fabian heute besonders viel in sie hinein gespritzt hatte. Vielleicht war das nur ihr Kopfkino. Aber irgendwie konnte sie sein Sperma in sich spüren. Als sich Kira ins Bewusstsein rief, dass sie soeben von zwei Männern besamt worden war, verstärkte sich ihr Herzklopfen ins Unermessliche. Am liebsten hätte sie nun noch einmal Emilio in sich gespürt. Aber sie ahnte, dass Fabian das in diesem ganz besonderen Moment nicht zugelassen hätte. Es ging wohl in Ordnung für ihn, dass sie es mit beiden Männern gemacht hatte. Aber der frisch gebackene Ehemann musste derjenige sein, der sein Sperma als Letzter in ihr hinterließ – gewissermaßen als krönenden Abschluss. Außerdem stand Emilio in diesem Moment ja auch gar nicht zur Verfügung.

Immerhin war nun zumindest die offen gebliebene Frage aus dem Frühstücksbistro vor einem halben Jahr geklärt: Die Erlaubnis zum Fremdfick galt nicht nur für Fabian, sondern für sie beide. Alles andere wäre ja wohl auch albern. Schön, wie sich die Dinge doch manchmal ganz von selbst ergaben.

Ermattet sackten die Eheleute zusammen, Fabian ließ sich auf den Rücken fallen, seine Frau kuschelte sich in seinen Arm. Dass das Bett durch Emilios Stöße in Viola noch immer in Unruhe war, nahmen sie kaum noch wahr. Es war auch nicht allzu heftig. Die Freundin hielt sich lediglich am Bett fest, während sie gefickt wurde. Kira bemerkte den Unterschied aber dennoch, als auch die beiden Trauzeugen schließlich zu einem Ende gekommen waren.

Dann aber nahm Kira etwas anderes wahr: Jemand drückte ihre Beine auseinander und schob seinen Kopf zwischen ihre Oberschenkel. Viola war offensichtlich noch nicht satt und wollte das Liebesspiel noch fortsetzen. Als Kira die Zunge der Freundin an ihrer nassen Muschi spürte, hielt die Braut unwillkürlich den Kopf in ihrem Schoß fest.

„Nicht rauslecken!", sagte sie. „Das muss alles da bleiben, wo es jetzt ist."

„Keine Sorge", entgegnete Viola. „Ich weiß ja, das gehört dir. Ich massiere es nur ein bisschen ein."

Daraufhin lockerte Kira den Griff ihrer Hände wieder. Einmassieren ging in Ordnung. Das durfte die Freundin gern tun. Kira ließ nur noch eine Hand ganz sanft auf Violas Kopf ruhen. Und das auch nur so lange, bis sie abermals einen Orgasmus erlebte. Er durchzuckte sie sehr sanft, Kira blieb ganz leise dabei. Der zärtliche Kuss, den Viola der Braut anschließend gab, hatte einen sehr besonderen Geschmack. Was für eine erregende Mischung Viola da doch aus ihrem Schoß mitgebracht hatte, stellte Kira fest.

Anschließend verließ die Trauzeugin das Bett und reichte dem vor dem Sessel auf dem Boden sitzenden Emilio die Hand.

„Ich glaube, wir lassen die beiden frisch Vermählten mal allein", sagte sie.

„Das sollten wir tun", bestätigte Emilio und erhob sich. „Gehen wir zu dir oder zu mir?"

„Zu mir", entgegnete sie ohne zu zögern, aber mit einem sinnlichen Lächeln. „Mein Zimmer ist gleich nebenan."

Emilio griff zu seinen Sachen und streifte Hose sowie Sakko über. Auch wenn es nur wenige Meter waren: Nackt über den Flur laufen wollte er offenbar nicht. Und da er aus dem Brautzimmer kam, war das auch Kira lieber so. Wer wusste schon, welche Nachtwanderer der Hochzeitsgesellschaft noch im Hotel unterwegs waren.

Viola musste nichts anziehen; sie strich lediglich ihr kurzes Kleid glatt, das sie noch immer trug. Sie hob ihren Slip vom Boden auf, behielt ihn aber nur in der Hand. Falls sie wider Erwarten zu dieser nächtlichen Stunde jemandem auf dem Flur begegnen sollten, würde der ja gar nicht mitbekommen, dass sie unten ohne war. Unten ohne und frisch gefickt, schoss es ihr durch den Kopf.

„Falls du jemals heiraten solltest, will ich in deiner Hochzeitsnacht auch dabei sein", sagte Kira zu ihrer Freundin, bevor sie das Zimmer verließ.

„Deal", entgegnete diese und schmunzelte.

Das war natürlich nur ein Spruch gewesen. Kira wäre gar nicht auf die Idee gekommen, so etwas planvoll umzusetzen. Dass so etwas spontan passierte, war ja schon unfassbar. Aber mit Vorsatz? Ausgeschlossen.

Doch Viola sollte Wort halten. Aber das ist eine andere Geschichte.

Kapitel 8:
Wer braucht schon Schlaf?

Kira rührte unendlich lange in ihrem Kaffee, als sie und Fabian am anderen Morgen endlich am Frühstückstisch saßen. Sie hatten es in der Nacht nach dem Abschied ihrer Freunde noch einmal gemacht und zum Aufwachen erneut. Viel Schlaf hatten sie in dieser Nacht nicht bekommen. Aber wer brauchte schon Schlaf, wenn man eine solche Nacht erleben konnte?

Kira war nur noch immer erstaunt, dass die unschönen Begleiterscheinungen von Fabians übermäßigem Alkoholkonsum während der Party plötzlich kaum noch zu spüren gewesen waren. Erst noch im Schnapskoma, und plötzlich war Fabian ein standfester Lover mit einer beeindruckenden Ausdauer. Ob es ihn vielleicht auch gekickt hatte, in das Sperma eines anderen Mannes hinein zu ficken? Die Frage musste sie ihm später in einem ruhigen Moment dann doch einmal stellen.

Nur zu zweit war es doch noch inniger und zärtlicher, befand Kira. Allerdings hätte sie auch den überraschenden Vierer mit den Freunden nicht missen wollen. Immerhin waren ihre romantischen Träume doch noch in Erfüllung gegangen: Ihre Hochzeitsnacht war tatsächlich besonders aufregend gewesen – wenn auch vollkommen anders, als sie es sich hätte vorstellen können. Zumindest bis zum Abschied der Trauzeugen aus dem Brautzimmer. Anschließend hatte sie jene romantische Zweisamkeit genossen, die sie sich für diese Nacht erträumt hatte.

„Ihr habt ja offenbar eine heiße Nacht gehabt", sagte Tante Petra und setzte sich ungefragt zu den frisch Angetrauten.

Kira sah sie erstaunt an.

„Möchte meine Lieblingstante jetzt etwa Details meiner Hochzeitsnacht erfahren?", fragte sie mit einem möglichst unschuldigen Unschuldslächeln.

„Natürlich nicht", entgegnete diese mit einem hintergründigen Lächeln, das ihren Worten eher widersprach als sie zu unterstreichen.

Hättest du auch nicht bekommen, dachte Kira.

„Aber wenn du mitten in der Nacht das ganze Hotel zusammenbrüllst, dann darfst du dich über so eine Bemerkung am anderen Morgen nicht wundern", fuhr Petra ungerührt fort.

Moment mal, überlegte Kira. Die Hochzeitssuite befand sich im dritten Stock, Petras Zimmer war im zweiten. So viel zur Frage, wo man sie womöglich überall gehört hatte. Sollte sie vielleicht mal ihre Mutter fragen, deren Zimmer im ersten Stock lag? Besser nicht.

„Ich finde es ja toll, dass du deine Lust so hemmungslos aus dir herauslässt", setzte Petra nach.

„Und in der Hochzeitsnacht ist so etwas doch besonders schön."

Kira legte den Kopf schräg und sah die Tante ernst an. Jetzt begann Petra zu nerven. Solche Bemerkungen waren eindeutig eine Grenzverletzung. Allerdings hätte die frisch gebackene Ehefrau auch schwerlich widersprechen können. „Hemmungslos" war durchaus die angemessene Beschreibung für ihre Hochzeitsnacht.

Bei aller Offenheit, die Petra immer wieder gern zur Schau stellte, hätte sich die Tante aber sicherlich nicht vorstellen können, wie hemmungslos Kira ihre Lust in dieser Nacht ausgelebt hatte. Allerdings verspürte sie nicht die geringste Neigung, dieses Thema näher zu erörtern. Vielleicht sollte sie lieber mit einem anderen Thema ablenken – und Kira wusste auch mit welchem.

„Wie findest du denn die Toiletten im vorderen Restaurantbereich?", fragte Kira, und bemühte sich um einen möglichst gelassenen Tonfall.

Fabian sah sie verdutzt an. Was war das denn für ein seltsamer Themenwechsel, schien er sich zu fragen. Seine Frau hatte ihm nichts erzählt von den Sexgeräuschen auf der Damentoilette, die wohl Petra zuzuordnen waren. Für einen Augenblick herrschte ein merkwürdiges Schweigen an diesem Tisch. Kira hatte beinahe den Eindruck, dass Petra rot anlief. Nicht sehr, aber doch erkennbar. So etwas war extrem selten. Ihrer Tante war normalerweise nie etwas peinlich. Jedenfalls hatte sie diesen Ruf in der Familie.

„Ganz okay", entgegnete Petra schließlich kurz angebunden.

Im nächsten Augenblick erhob sie sich und winkte ihrem Bruder zu, den sie scheinbar erst jetzt entdeckt hatte.

„Ihr entschuldigt mich", sagte sie und entschwand.

„Liebend gern", murmelte Kira und schmunzelte still in sich hinein.

So leicht hatte sie ihre Tante noch nie zum Schweigen gebracht. Offenbar gab es doch Dinge, die Petra peinlich waren. Sieh mal einer an.

Die meisten Hochzeitsgäste, die im Hotel übernachtet hatten, waren bereits im Aufbruch begriffen. Die frisch Vermählten mussten viele Hände schütteln und noch mehr Menschen umarmen. Als endlich etwas Ruhe einkehrte, tauchten auch Viola und Emilio auf – gerade noch rechtzeitig vor Ende der Frühstückszeit. Kira vermutete sehr stark, dass die beiden auch nicht viel mehr geschlafen hatten als sie selbst. Vielleicht eher weniger. Auf jeden Fall war ihr Plan aufgegangen, die beiden Trauzeugen miteinander zu verkuppeln – zumindest für diese eine Nacht. Einmal war von nebenan so etwas wie ein Orgasmusschrei zu vernehmen gewesen. Aber sehr gedämpft. Viola konnte sich auch zurückhalten, wenn sie das wollte. Ob vielleicht mehr werden würde aus ihr und Emilio? Kira hoffte es. Die beiden passten wirklich gut zusammen – und sie passten gut zu dem frisch gebackenen Ehepaar.

„Na wie fühlst du dich?", fragte Viola als sie sich zum Brautpaar setzte.

„Ganz heftig durchgefickt", entfuhr es Kira mit leuchtenden Augen.

Erst im Nachklang ihrer eigenen Worte sah sie sich verstohlen um, ob irgendjemand am Nebentisch sie womöglich gehört hatte. Aber da saß inzwischen niemand mehr. Der Frühstücksraum war jetzt fast leer. Auch Tante Petra war inzwischen verschwunden.

„Ich freue mich, dass ich dazu einen Beitrag leisten durfte", sagte Emilio und sah Kira tief in die Augen.

Fabian belegte ihn mit einem Blick, der nicht so recht erkennen ließ, ob auch ihn das freute. Aber immerhin hatte es zwischen ihm und seiner Frau keine Missstimmung wegen des Fremdficks gegeben. Ihm war natürlich klar, dass er Kiras ersten Sex als Ehefrau durch eigene Schuld verpasst hatte. Vielleicht sollte er künftig gar keinen Alkohol mehr trinken. Oder zumindest nicht mehr so viel.

„Ganz glücklich wirkt der Ehemann ja nicht", merkte Viola an.

„Doch!", widersprach Fabian sofort. „So kann man das nicht sagen."

„Und wie kann man es sagen?", fragte Kira, die den Blick ihres Mannes ebenfalls nicht so recht deuten konnte.

„Ich will es einmal so ausdrücken", entgegnete der Angesprochene. „Wenn die Braut es in der Hochzeitsnacht mit meinem Trauzeugen treibt, dann wäre es eigentlich angemessen gewesen, wenn ich es auch mit der Trauzeugin meiner Frau gemacht hätte."

Wenn das sein einziges Problem war, dann war die Welt in Ordnung, dachte Kira erleichtert.

„Hast du doch schon", entgegnete sie schmunzelnd.

„Aber nicht letzte Nacht", erwiderte er.

„Wie bitte?", warf Emilio irritiert ein, der die Geschichte des Dreiers vor einem halben Jahr noch immer nicht kannte.

Er und Viola hatten in der Nacht viel Sex gehabt. Geredet hatten sie hingegen kaum.

„Erzähle ich dir später", sagte Viola und tätschelte seine Hand.

„Aber wenn wir schon mal bei diesem Thema sind", erwiderte Kira: „So etwas kann man ja auch gern mal wiederholen."

„Kann man?", fragte Emilio und strahlte.

„Ja, warum eigentlich nicht", murmelte Fabian eher, als dass er es sagte. „Es kommt natürlich auf die Umstände an."

„Du meinst, wer von uns allen das größte Bett hat?", lachte Viola.

„Nein, ich meine eher etwas anderes", entgegnete er mit viel Ernsthaftigkeit in der Stimme.

„Was denn?", fragte Kira und sah ihren Mann an.

„Ich meine die Sache mit der Verhütung."

„Mit der Verhütung …?", echote Kira und bekam plötzlich riesengroße Augen.

„Ach du Scheiße", fügte sie erschrocken hinzu und hielt sich eine Hand vor den Mund.

Viola sah sie fragend an.

„Ich habe ja kurz vor der Hochzeit die Pille abgesetzt", beantwortete Kira die unausgesprochene Frage ihrer Freundin. „Daran hatte ich gar nicht mehr gedacht."

„Du hast die Pille abgesetzt?"

„Ja, wir wollen doch auch Kinder. Und da hatte ich die Fantasie, dass es doch sehr romantisch wäre, wenn es ausgerechnet in der Hochzeitsnacht klappen würde."

„Na da hast du ja jetzt beste Chancen", entgegnete Viola lachend. „Sozusagen doppelte Chancen."

„Eben", murmelte Fabian, dem dieser Gedanke sichtlich Unbehagen bereitete.

Kira begann zu rechnen. An welchem Tag hatte sie die letzte Pille genommen? Wie lange hatte die Abbruchblutung gedauert? Nicht sehr lange. An welchem Tag des Zyklus befand sie sich jetzt? Aber sie kam zu keinem eindeutigen Ergebnis. Auf jeden Fall befand sie sich nicht mitten im Zyklus, wo die Tage besonders fruchtbar waren. Oder doch?

Besonders geil war sie jedenfalls gewesen, was an solchen Tagen ja häufig der Fall war. Aber das hatte natürlich an der besonderen Nacht gelegen. Außerdem brauchte der Körper nach Absetzen der Pille sicherlich eine gewisse Zeit, bis sich der Hormonhaushalt wieder reguliert hatte. Nein, beschloss sie schließlich. Sie war in der vergangenen Nacht nicht schwanger geworden.

Kapitel 9:
Nachwehen

Neun Monate später:

Der Säugling lag an Kiras Brust, trank aber noch nicht. Zärtlich streichelte die junge Mutter ihrem Sohn über den Kopf. Der Junge hatte in der in der vergangenen Nacht das Licht der Welt erblickt. Kira war erschöpft, aber sehr glücklich.

„Ein schönes Kind", sagte die Krankenschwester, die ausnahmsweise ein wenig Zeit für einen kleinen Smalltalk erübrigen konnte.

„Ja, nicht wahr?", strahlte Kira. „Und soll ich Ihnen etwas Wundervolles verraten: Es könnte sehr gut sein, dass es in meiner Hochzeitsnacht entstanden ist."

„Oh, ist das romantisch", entgegnete die Schwester.

Ganz genau das war auch Kiras Gefühl an diesem Morgen nach der Geburt. Romantischer ging es doch eigentlich gar nicht. Eigentlich …

In diesem Moment klopfte es an der Tür, die sich umgehend öffnete. Fabian betrat das Zimmer auf der Entbindungsstation. Mit dabei: Viola und Emilio.

Natürlich wollten auch die Freunde das neugeborene Kind in Augenschein nehmen.

„Ah, Besuch", stellte die Krankenschwester fest und sah die beiden Männer an. „Wer von Ihnen ist denn der Vater?"

Fabian und Emilio sahen sich an und zuckten zugleich mit den Schultern. Im ersten Augenblick schien die Schwester nicht so recht zu verstehen. Irritiert sah sie Kira an. Die legte den Kopf schräg, setzte eine sehr unschuldige Unschuldsmine auf und zuckte ebenfalls mit den Schultern. Was sollte sie auch schon dazu sagen?

An den erstaunten Blick der Krankenschwester sollte Kira sich noch lange erinnern.

Hat dir das Buch gefallen?

Dann freue ich mich auf deine Bewertung oder auch eine kleine Rezension im Store.

Und natürlich freue ich mich auch über eine direkte Rückmeldung an:

kirsten.steiner84@web.de

Kirsten Steiner, Mai 2025

Leseprobe

Kirsten Steiner

Ja, ich bin die heimliche Geliebte

Erotischer Liebesroman

Als Lara den Supermarkt betreten wollte, betrachtete sie sich für einen Augenblick in der spiegelnden Scheibe der Eingangstür. Vielleicht hätte sie vorhin in Hildesheim doch besser ihren BH wieder anziehen sollen, statt ihn einfach in den Rucksack zu stecken. Sie hatte nach der sexreichen Nacht zu dritt einfach Lust gehabt, auf dieses Kleidungsstück zu verzichten – einfach nur so für sich selbst. Sie hatte das Gefühl, auf die Weise noch ein bisschen mehr von der Sinnlichkeit der Begegnung mit nach Hause zu nehmen. Vielleicht lag das daran, dass sich sowohl Julia als auch Benno immer wieder sehr ausgiebig mit ihren Brüsten beschäftigt hatten.

Aber ohne BH zeichnete sich in dieser Bluse ihre volle Oberweite schon recht deutlich ab. Ging man so einkaufen? Eigentlich nicht. Ach egal, das war jetzt auf die Schnelle nun einmal nicht zu ändern. Es würde im Supermarkt schon niemand über sie herfallen.

Natürlich hatte Lara beim Gang durch den Markt das Gefühl, dass einige Männer sie mit großen Augen anstarrten. Es gelang ihr aber, das halbwegs zu ignorieren.

Als sie kurz darauf mit ihrem gefüllten Rucksack den Penny wieder verließ, hatte Regen eingesetzt. Nicht heftig, aber es war mehr als ein sanftes Sommernieseln. Auch das noch. Naja, es war nicht weit bis nach Hause, sie würde sich beeilen. Allzu schnell laufen konnte sie in diesen Pumps allerdings nicht.

An der Ecke zur nächsten Querstraße stieß sie mit einem Mann zusammen, der sich mit seinem Regenschirm wohl selbst die Sicht genommen hatte.

„Nicht so stürmisch junge Frau", sagte ein sichtlich verblüffter Daniel, als er erkannte, wen er da fast umgelaufen hatte.

„Das musst du gerade sagen", entgegnete Lara, die mindestens ebenso erstaunt war über die plötzliche Begegnung mit ihrem derzeitigen Lover.

Dass sie sich wie selbstverständlich unter seinen Schirm stellte, um Schutz vor dem nun doch kräftiger werdenden Regen zu suchen, behagte ihm offenbar nicht sonderlich. Verstohlen sah er sich um, aber es waren wohl keine Bekannten in Sichtweite.

„Wohin gehst du?", fragte er – wohl eher aus Verlegenheit als aus Interesse.

Sie hatten einander eigentlich versprochen, sich zu ignorieren, wenn sie sich im Supermarkt oder auf der Straße treffen sollten. Die große Nähe ihrer beiden Wohnungen empfand Daniel als heikel. Immerhin war er verheiratet und sie seine heimliche Geliebte. Aber jetzt einfach weitergehen, und sie in den Regen schubsen, wollte er natürlich auch nicht.

„Nach Hause", entgegnete sie. „Ich war bei Penny. Und du?"

„Ich wollte zu Penny."

Erst jetzt fiel Lara auf, dass Daniel ihr auf den Busen starrte. Natürlich tat er das. Im Supermarkt hatten das wegen des fehlenden BHs ja auch mehrere Männer getan. Und durch den Regen klebte die Bluse nun auch noch an ihrem Körper. Womöglich wirkten ihre großen Brüste jetzt noch provozierender, als wäre sie nackt.

„Ich will dich ficken!", sagte er plötzlich. „Jetzt!"

„Ja", entgegnete sie nur.

„Gehen wir zu dir?"

„Das wolltest du doch nie."

„Jetzt muss es sein."

„Jetzt geht das aber nicht. Eine Freundin kommt mich gleich besuchen. Und da die zur Pünktlichkeit neigt, würden wir vermutlich gestört werden, bevor wir überhaupt richtig angefangen haben."

„Dann also zu mir."

„Zu dir? Ernsthaft? Und deine Kinder?"

„Die sind immer noch bei ihren Freunden. Der Übernachtungsbesuch hat sich etwas ausgeweitet. Ich hole sie um 18 Uhr ab."

„Also Zeit genug für einen Quickie."

„So würde ich das sehen", stimmte er zu.

Eiligen Schrittes gingen sie die wenigen Meter, bis sie vor seinem Haus standen. Lara war erstaunt, wie spontan der Mann bereit war, seine bisherige Vorsicht einfach so über Bord zu werfen. Und das offenbar nur deshalb, weil sie eine nasse Bluse ohne BH darunter trug. Hoffentlich kam seine Frau nicht unerwartet früher zurück von ihrer Reise. Aber das war wohl nicht zu erwarten. Anderenfalls würde Daniel sicherlich nicht dieses Risiko eingehen.

Doch es war sein Risiko, nicht ihres. Er musste wissen, was er tat. Allerdings hatte Lara den ganz starken Verdacht, dass der Mann das eben nicht wusste und in diesem Augenblick nur noch mit dem Schwanz dachte – was ihr allerdings ganz recht war. Auch sie war ja alles andere als konsequent. Noch vor einer Stunde hatte sie beschlossen, dass ein paar Tage Sexpause ganz gut wären für die Seelenhygiene. Doch als Daniel plötzlich vor ihr stand, war diese Überlegung auch schon wieder verpufft.

Kaum waren sie im Flur seiner Wohnung, umarmte und küsste er sie stürmisch. Seine Hände wanderten auf ihren Po und unter ihren Rock. Fest drückte er sie an sich, sie konnte die Beule in seiner Hose deutlich spüren. Als sie dann endlich wieder nach Luft schnappen konnte, entwand sie sich ihm.

„Zeig mal deine Wohnung", sagte sie und sah sich um.

„Du willst jetzt eine Schlossbesichtigung?", fragte er fassungslos.

„Naja, wo ich doch schon mal hier bin ..."

Ungefragt betrat Lara ein Zimmer, dessen Tür halb offenstand. Es war sein Arbeitszimmer, wie sie sofort erkannte.

„Schon mal auf einem Schreibtisch gefickt?", fragte sie und setzte sich auf dieses Möbelstück.

Daniel wirkte nervös. Er war heiß auf sie, geradezu gierig. Das war nicht zu übersehen. Aber dass sie nun auf seinem Schreibtisch saß, behagte ihm offenbar nicht. Und genau das genoss sie. Dieses kleine Spiel musste er jetzt mitspielen, wenn er an ihre Möse wollte.

Lara verschärfte das Spiel, indem sie die Beine öffnete – soweit ihr Rock dies zuließ. Aber es war weit genug, dass er nun einen Blick auf ihren Slip bekommen konnte. Wie hypnotisiert ging er auf sie zu – und dann vor ihr in die Hocke. Er hielt sich nicht damit auf, ihr den Slip auszuziehen, sondern drückte ihn einfach zur Seite. Im nächsten Augenblick spürte sie seine Zunge, die ihre Muschi zu lecken begann. Lara lehnte sich zurück – soweit es Computer, Telefon und diverse Unterlagen auf dem Schreibtisch zuließen.

Lara konnte sich nicht erinnern, dass seine Zunge zwischen ihren Schamlippen jemals derart heftig gewesen war. Daniel war wirklich unglaublich heiß auf sie. Aber das beruhte auf Gegenseitigkeit. Seine großen Augen unter dem Regenschirm und vor allem sein unerwarteter Satz „Ich will dich ficken!" hatten sie von einer Sekunde auf die andere elektrisiert.

Daniel konnte offenbar kaum genug bekommen von ihrem Geschmack. Sie hatte das Gefühl, dass er sie auslecken wollte. Ob sie wohl noch nach Gummi schmeckte? Vermutlich nicht, der letzte Fick in Hildesheim lag nun doch schon ein paar Stunden zurück. Zudem hatte sie anschließend geduscht und dann den frischen Reserve-Slip angezogen, den sie seit Kurzem immer dabeihatte. Außerdem war sie ihm ja auch gar keine Rechenschaft schuldig. Dennoch war es ihr lieber, wenn er keine Anzeichen ihrer vergangenen Nacht entdeckte.

Sie hätte sich jetzt liebend gern von ihm nehmen lassen. Aber sie hatte auch nichts dagegen, dass er sein Zungenspiel ausdehnte. Als sich auch seine Finger immer mehr am Spiel in ihrem Schoß beteiligten, spürte Lara ein leichtes Zittern, das sich rasch verstärkte. Schließlich durchströmte sie ein heftiger Orgasmus, und sie hatte Mühe, den nicht lautstark der gesamten Nachbarschaft mitzuteilen. Dieser Höhepunkt war genau von der Sorte, die sie am liebsten laut hinausschrie. Aber sie war noch nicht ganz von Sinnen, sie wusste wo sie war: in seiner Höhle – und sie hatte keine Ahnung, wie gut die Nachbarn solche Geräusche hören konnten. Und womöglich wussten die auch, dass seine Frau verreist war.

Was einem doch so durch den Kopf ging, wenn einen gerade ein Orgasmus durchströmte …

Ihr Höhepunkt war noch nicht ganz abgeklungen, als er mit feucht glänzenden Lippen aus ihrem Schoß auftauchte und sie mit ernstem Blick ansah. Erneute küsste er sie. So eine Muschi schmeckt doch ganz schön geil, schoss es ihr wieder einmal durch den Kopf – selbst die eigene. Auch wenn die von Julia letzte Nacht natürlich noch aufregender gewesen war.

Ihre Hände wanderten zwischen ihre Körper – zielstrebig zum Gürtel seiner Hose. Gemeinsam legten sie seinen Schwanz frei, der härter nicht sein konnte. Kaum hatte sie ihn in der Hand, war er auch schon an ihrer Muschi und im nächsten Augenblick in ihr.

Lara ließ sich nun ganz auf den Schreibtisch fallen. Ihr Kopf landete zwischen irgendwelchen Papierstapeln, die sie dabei ein Stück weit verschob. Egal, das musste er nachher dann eben wieder sortieren. Offenbar machte auch er sich darüber jetzt weiter keine Gedanken. Er hielt ihre Beine fest und fickte sie mit heftigen und tiefen Stößen.

Schneller, als sie das von ihm gewohnt war, kam er. Sie spürte, wie sein Sperma in sie hineinströmte. Allerdings war sie noch nicht wieder so weit, weshalb sie selbst Hand anlegte und ihren Kitzler streichelte. Daniel stieß immer wieder nach, bis sein Schwanz dann doch allmählich zu schrumpfen begann. Als er sich aus ihr zurückziehen wollte, sagte sie:

„Nein! Bleib noch in mir! Nur noch einen Moment!"

Sie war kurz davor, es ging einfach nicht, dass der Mann ausgerechnet jetzt seinen Fick beenden wollte. Wobei Fick ein großes Wort war für den immer kleiner werdenden Schwanz. Zwar bewegte sich Daniel noch entsprechend, aber seine Männlichkeit fiel immer mehr in sich zusammen, und sie spürte immer weniger davon. Trotzdem empfand sie es als schön (und angemessen), dass er noch immer in ihr war, als sie der zweite Orgasmus durchströmte. Als der schließlich abgeebbt war, verabschiedete sich Daniels Schwanz ganz von selbst aus ihr. Dass dabei auch Sperma aus ihr herausfloss und auf seinem Schreibtisch landete, beachteten beide nicht.

Lara stützte sich auf ihre Unterarme, richtete sich halb auf und sah ihn an. Er stand nun unbeweglich zwischen ihren Beinen, den schlaffen Schwanz noch immer in ihren Schoß gedrückt.

„Wow", sagte sie.

„Wow", entgegnete er.

Für einige Augenblicke sahen sie sich einfach nur an. Erst jetzt legte er eine Hand auf ihren Busen und massierte ihn. Fragte er sich jetzt womöglich, warum sie keinen BH trug? Zumindest stellte er ihr diese Frage nicht. Und das war auch gut so. Letztlich ging ihn das auch gar nichts an. Sie hatten schließlich keine Beziehung miteinander. Auch wenn sie inzwischen das Gefühl hatte, dass es doch mehr war als nur eine heimliche Affäre. Ein bisschen mehr jedenfalls. Und sie konnte sich durchaus vorstellen, dass es noch mehr wurde.

Ebenfalls von Kirsten Steiner:

Aus meinem Swinger-Tagebuch:

- Meine zweite Entjungferung
- Wiener Melange für vier
- Sommer, Sonne, Billard, Bisex
- Schneetreiben für vier
- Mallorquinischer Seitensprung
- Die Sliplotterie
- Drei Frauen sind keine zu viel
- Partnertausch unter der Mitternachtssonne
- Svenjas Erwachen
- Räumchen wechsel dich
- Im Alleingang
- Spielzeit
- Zwei Männer, zwei Frauen, eine Verführung
- Lia und ihre Sugardaddys

Romane:

- Drei Pastorentöchter und die Verführung der Hochzeitstorte (Band 1)
- Drei Pastorentöchter und die Wohngemeinschaft der freien Liebe (Band 2)
- Drei Pastorentöchter zwischen Pfarrhaus, Schule und Swingerclub (Band 3)
- Der Chef in meinem Bett
- Ja, ich bin die heimliche Geliebte

Sinnliche Augenblicke:

- Eine Ex und wie man sich von ihr befreit
- Ein Buch und seine Nebenwirkungen
- Jana und der Mann vom TÜV
- Ein Po und seine Bewunderer
- Kiras Weg nach Süden
- Spätdienst in der Damenabteilung
- Nachts im Freibad
- Termin mit dem Chef
- Eine (zu) heiße Nacht am Strand
- Kristina und ihr Blick auf die Männer
- Frau Professorin und ihre Studenten
- Die Voyeurin im Nachtzug
- Ein Gitarrist, ein Groupie und ein Problem
- Die Tauchlehrerin und ihre Vorliebe für Sex zu dritt
- Fremdsex im Schneegestöber
- Die Entjungferung meiner lesbischen Freundin
- Wo bitte geht's hier zum Orgasmus?
- Ihr Hobby ist Sex

Sachbuch zum Thema Swingen:

- Monogamie für Fortgeschrittene